2

Sprachbrücke

Deutsch als Fremdsprache

Handbuch für den Unterricht

von
Dietmar Rösler

Phonetik von
Gudula Mebus

Hinweise zum Arbeitsbuch von
Eva-Maria Jenkins

Klett Edition Deutsch

Sprachbrücke 2

Lehrwerk für Deutsch als Fremdsprache

von
Gudula Mebus, Andreas Pauldrach, Marlene Rall, Dietmar Rösler

in Zusammenarbeit mit
Heinke Behal-Thomsen, Jürgen Genuneit

Handbuch für den Unterricht

von
Dietmar Rösler
Phonetik von Gudula Mebus
Hinweise zum Arbeitsbuch von Eva-Maria Jenkins

Redaktionelle Bearbeitung:
Andreas Tomaszewski

1. Auflage 1 5 4 3 2 1 | 1998 97 96 95 94

Alle Drucke dieser Auflage können im Unterricht nebeneinander benutzt werden, sie sind untereinander unverändert. Die letzte Zahl bezeichnet das Jahr dieses Druckes.

Gesamtherstellung: Hans Buchwieser GmbH, München · Printed in Germany

ISBN 3-12-**557230**-4

Inhaltsverzeichnis

Übersicht über die verwendeten Abkürzungen, Symbole, Sonderzeichen

1. Abkürzungen

HfU = Handbuch für den Unterricht
KT = Kursteilnehmer/in
KL = Kursleiter/in
LB = Lehrbuch
AB = Arbeitsbuch
L = Lektion

2. Symbole, die auch im Lehrbuch vorkommen

Einsatz der Toncassette

a) Aufgabe, bei der etwas geschrieben oder markiert werden muß, oder
b) Übung, die auch schriftlich gemacht werden kann

Rollenspiel

Projekt

Übung zum Leseverständnis

Übung zum Hörverständnis (HV)

Phonetik

3. Zusätzliche Symbole im HfU

gemeinsames Arbeiten (z. B. gemeinsame Erarbeitung von Vorwissen, Redemitteln usw. durch Tafelbild etc.)

Z zusätzliches Material

⇐ Rückgriff auf frühere Lektionsteile

⇅ Alternativer Umgang mit dem Material

i Hintergrundinformationen

W Wortschatz (von Gegenständen in Abbildungen usw.)

↗ Weiterführende Ideen

K Kopiervorlage

●—● Partnerarbeit

Liebe Kursleiterinnen und Kursleiter!

Mit dem **Handbuch für den Unterricht** (HfU) möchten wir Ihnen ein Hilfsmittel an die Hand geben, das Ihnen die nötige Hintergrund- und Zusatzinformation für eine befriedigende Arbeit mit dem Lehrwerk SPRACHBRÜCKE liefert. Je nachdem, ob Deutsch Ihre Muttersprache ist oder nicht, ob Sie viel oder wenig Kontaktmöglichkeiten mit deutschsprachigen Ländern haben, je nachdem, wie gründlich Ihre Ausbildung war und wie reich Ihre Erfahrungen als Deutschlehrer/in sind, werden Sie das HfU verschieden intensiv benutzen und brauchen können.
Viele von Ihnen werden vermutlich schon mit SPRACHBRÜCKE 1 gearbeitet haben und mit der Konzeption des Lehrwerkes vertraut sein. Aus diesem Grund haben wir die Einleitung des vorliegenden Handbuchs bewußt kurz gehalten. Wenn Sie mit Band 2 neu einsteigen, können Sie sich im HfU zu SPRACHBRÜCKE 1 ausführlicher darüber informieren.
Wir möchten Ihnen vorschlagen, daß Sie das HfU zunächst kursorisch überfliegen, um sich zu orientieren, wie es angelegt ist und welche Kapitel Sie zu welchem Zeitpunkt genauer lesen wollen.
Die Kapitel zu den Lektionen werden Ihnen jeweils zur Vorbereitung des Unterrichts dienen. Sie werden schnell erkennen, welche Informationen für Sie brauchbar sind. Sie können sich Wichtiges an- oder unterstreichen oder farbig markieren, damit es Ihnen ins Auge sticht, Überflüssiges einklammern oder durchstreichen, damit Sie beim Wiederlesen keine Zeit damit verlieren. Machen Sie sich auch Querverweise, wenn Ihnen Bezüge zwischen einzelnen Kapiteln wichtig erscheinen. Und natürlich läßt sich das HfU auch durch eigene Ideen ergänzen und damit besser an Ihre spezifische Unterrichtssituation anpassen. Ihre Meinungen und Erfahrungen sind für uns interessant. Für Zuschriften möchten wir uns im voraus bedanken.

Der Verlag

Allgemeine Einführung

Zielgruppe dieses Handbuchs

Handbücher, die kurstragende Lehrwerke begleiten, müßten eigentlich in verschiedenen Fassungen kommen. Eine müßte sich an Lehrer wenden, die zum ersten Mal mit dem Lehrwerk arbeiten; in ihr müßten Schritt für Schritt die einzelnen Texte, Übungen, Arbeitsschritte usw. erklärt und mit konkreten Unterrichtsabläufen versehen werden.
Eine andere Fassung müßte sich an die Lehrer wenden, die das Lehrwerk schon im Griff haben und die an Erweiterungen und Alternativen interessiert sind. Außerdem müßte man zumindest noch unterscheiden zwischen Fassungen für Lehrer, die längere Zeit im deutschsprachigen Raum gelebt und Sprache, Kultur und Alltag in sich aufgesogen haben, und Fassungen für Lehrer, die „aus der Distanz" unterrichten und deshalb Interesse an ausführlichen Informationen über viele der angesprochenen sprachlichen, kulturellen und alltäglichen Aspekte haben.
Ein kleines Handbuch wie dieses wird nicht alle diese Ansprüche befriedigen können. Es konzentriert sich auf die Schritt-für-Schritt-Kommentierung des Lehrwerks, macht Lösungsvorschläge und vermittelt Hintergrundinformationen zu den einzelnen angesprochenen Aspekten. Es ist aber nur beschränkt in der Lage, die vielen anderen Unterrichtsabläufe zu skizzieren, die mit diesem Lehrwerk natürlich auch möglich sind. Denn wie Fremdsprachenlernen abläuft, wird nicht nur und oft nicht einmal überwiegend vom Lehrwerk bestimmt, sondern von den am Lernprozeß Beteiligten, von ihren Interessen, Lehr- und Lernerfahrungen, von den Prüfungs- und Lernbedingungen vor Ort. Dieses Handbuch stellt oft zusätzliche Texte bereit und gibt Hinweise auf alternative Verwendungsweisen: da dies jedoch nicht zu Lasten der schrittweisen Erklärung der einzelnen Lektionen gehen darf, ist die Zahl der Hinweise beschränkt.

Die Konzeption des Lehrwerks

Im Begleitbuch zum ersten Band von SPRACHBRÜCKE haben die Autoren ausführlich das Konzept dieses Lehrwerks beschrieben. Ich rufe sie hier nur noch einmal in Stichworten ins Gedächtnis zurück (zur ausführlichen Information sei auf das Handbuch zu Band 1 verwiesen; viele Punkte sind von dort übernommen):

- Das Lehrwerk will aus den Kursteilnehmern (KT) keine „kleinen Muttersprachler" machen. Das Erkennen und Versprachlichen des Eigenen bildet die Basis für ein „fremdperspektivisches" Herangehen an das Deutsche.
- Es gibt kein Methodendogma. KT lernen nicht alle gleich: verschiedene Phänomene erfordern verschiedene Herangehensweisen. Im Lehrwerk wird auch der Lernprozeß Gegenstand von Überlegungen.
- Erwachsene KT sollen so schnell wie möglich zu selbständigem Arbeiten hingeführt werden, so daß sie auf Entdeckungsreise gehen und auch gegen das Lehrwerk argumentieren können. Teile dieser Hinführung sind u. a.:
  a) die Vermittlung des sicheren Umgangs mit Hilfsmitteln (Wörterbüchern, Grammatiken, Techniken der Informationsbeschaffung);
  b) die Vermittlung einer Vielfalt von Hör- und Leseverständnisstrategien, mit denen die KT im Verständnis hinausgehen können über das grammatische und lexikalische Niveau, das sie im systematischen Unterricht erreicht haben.
- Das Lehrwerk vermittelt die geforderten sprachlichen Mittel für das *Zertifikat Deutsch als Fremdsprache*, ist aber darüber hinaus besonders für den Unterricht außerhalb des deutschsprachigen Raums geeignet, weil es:
  a) in seinen Unterrichtsaktivitäten auf verschiedenste Arten Sprach- und Kulturvergleich initiiert;
  b) als Kontaktsituationen zwischen Deutschen und Ausländern Situationen wählt, die realistisch sind für KT, die nicht im deutschsprachigen Raum Deutsch lernen;
  c) das Lernziel kommunikative Kompetenz in interkulturellen und nicht innerdeutschen Kommunikationssituationen vermittelt;
  d) sprachliche Mittel bereitstellt, die es den KT erlauben, die vielfältigen Informationen über Deutschland (Landeskunde) aus ihrer Perspektive zu kommentieren.

- Das Lehrwerk vermittelt alle vier Fertigkeiten (Leseverständnis, Hörverständnis, schriftlicher und mündlicher Ausdruck). Aufgrund der Zielgruppe KT im Ausland wird besonderes Gewicht auf die Bereitstellung vielfältiger Hör- und Leseverständnisstrategien gelegt, da in der Auslandssituation vorwiegend durch Medien (Zeitungen, Bücher, Radio, Filme) ungesteuert Informationen über den deutschsprachigen Raum bezogen werden.
- Im Unterricht spielt die Ausgangssprache der KT immer da eine Rolle, wo sprachliche und kulturelle Kontraste ihre Verwendung sinnvoll erscheinen lassen. *So wenig wie möglich, aber so viel wie nötig* ist hier der Maßstab. Ein dogmatischer „direkter, einsprachiger" Unterricht ist ebensowenig gefordert wie einer, der die Ausgangssprache zur Hauptsprache des Unterrichts macht und das Deutsche nur als „Objekt" sieht, das es zu betrachten gilt.
- Erfreulicherweise ist in letzter Zeit die Pseudoalternative „Grammatik oder Kommunikation" zurückgetreten hinter die Frage, welche Grammatikaspekte man wann/wie vermitteln sollte. Da sich das Lehrwerk an erwachsene KT richtet, wird davon ausgegangen, daß eine explizite Grammatikvermittlung, eine, die die Dinge beim Namen nennt, für diese Zielgruppe angemessen ist. Das Problem dabei: Verschiedene Linguisten neigen zu verschiedenen Beschreibungsmodellen, die – in ihrem System jeweils begründete – Ausschnitte des Sprachsystems mit unterschiedlichen Namen belegen. Und da diese verschiedenen Beschreibungsversuche verschieden stark in die Praxis durchsickern, entsteht oft der Eindruck eines großen Durcheinanders. Die Kursleiter (KL) sollten versuchen, die Terminologie soweit wie möglich dem Kenntnisstand der KT anzupassen; wenn die KT in einer Gruppe z. B. die Begriffe „koordinierende" und „subordinierende" Konjunktionen gewohnt sind, gibt es keinen Grund, ihnen „Konjunktoren" und „Subjunktoren" aufzudrängen. Sie wollen schließlich Sprache lernen und nicht in einem Linguistikseminar sitzen. Wichtig ist nur das Prinzip der expliziten Grammatik: die SPRACHBRÜCKE-Autoren gehen davon aus, daß es dem Lernprozeß der KT dient, wenn grammatische Phänomene benannt, bewußt gemacht und in ihrer Funktion im Sprachsystem erklärt werden.
- Auch im zweiten Band des Lehrwerks wird die systematische Phonetikvermittlung fortgesetzt.

Bestandteile des Lehrwerks

SPRACHBRÜCKE 1
- Lehrbuch
- Toncassetten zum Lehrbuch
- Glossare zum Lehrbuch
- Handbuch für den Unterricht
- Einsprachiges Arbeitsbuch (bzw. zwei Arbeitshefte: Arbeitsheft 1, Lektionen 1-7; Arbeitsheft 2, Lektionen 8-15)
- Toncassette zum einsprachigen Arbeitsbuch
- Kontrastives Arbeitsbuch Deutsch-Spanisch*

SPRACHBRÜCKE 2
- Lehrbuch
- Toncassetten zum Lehrbuch
- Glossare zum Lehrbuch
- Handbuch für den Unterricht
- Einsprachiges Arbeitsbuch (bzw. zwei Arbeitshefte: Arbeitsheft 1, Lektionen 1–5; Arbeitsheft 2, Lektionen 6–10)

Texte und Textarbeit

SPRACHBRÜCKE enthält ein breites Spektrum von Textsorten und Bildelementen: Dialoge, Erzählungen, Berichte, Sachtexte, Gedichte, Lieder, Sprichwörter, Redensarten, Aphorismen, Briefe, Interviews, Anzeigen, Werbetexte, Cartoons, Bildergeschichten, Tabellen, Statistiken, Graphiken, Fotos, Zeichnungen usw. Texte, die im Lehrbuch gekürzt oder in Ausschnitten vorkommen, werden in den meisten Fällen im HfU im Originalzustand dokumentiert. Dies erlaubt es dem KL, sich nach Einschätzung der Fähigkeiten der KT evtl. an das Original heranzuwagen.
Zu unterscheiden ist zwischen kurstragenden und begleitenden Texten. Die kurstragenden Texte dienen zur Vorstellung der Themen der Lektion, zur Förderung der sprachlichen Fertigkeiten

* Kontrastives Arbeitsbuch Deutsch-Portugiesisch, erschienen bei E.P.V., São Paulo

(Lese- und Hörverständnis, mündlicher und schriftlicher Ausdruck), zur Einführung von Vokabular und grammatischen Strukturen, zur Kommunikation über echte Inhalte und nicht zuletzt als Motivationsanreiz. Alle kurstragenden Texte sind kontrolliert, was den Wortschatz und die grammatischen Strukturen anbetrifft, und im Lehrbuch selbst mit Aufgaben versehen.
Die Ergänzungstexte dienen zur Erweiterung eines Themas, zur Veranschaulichung eines sprachlichen Phänomens, als landeskundliches Material oder einfach zum Lesevergnügen.

Die **Hinführung zum Text** kann beispielsweise erfolgen durch:
- Leitfragen, Leitaufgaben;
- Einführung oder Vorentlastung des Wortschatzes, der Situation, des Themas usw. durch Beschreibung von visuellem Begleitmaterial (Auftaktseite der Lektion, Fotos oder Zeichnungen zum Text im Buch, zusätzlich eingeführte Bilder und Gegenstände);
- Einführung von Schlüsselwörtern;
- Aktivierung von Vorwissen und Hypothesenbildung über den Inhalt des Textes, z. B. durch Besprechung des Titels oder eines Assoziogramms zum Thema;
- (im Fall von Dialogen) Identifizierung und Charakterisierung der Dialogpartner aufgrund früherer Texte; Hypothesen über ihr Verhalten im folgenden Dialog;
- (bei besonders schwierigen Texten) vorbereitende Erklärungen als Einführung in das Thema durch KL;
- Filtertexte (= vereinfachte und verkürzte Texte, die die Durchnahme des eigentlichen Textes vorentlasten);

Zur **Arbeit am Text** können u. a. Aktivitäten gehören wie:
- Schlüsselwörter unterstreichen oder Stichwörter herausschreiben;
- Zuordnen von Zwischentiteln, Schlüsselwörtern, Kurzzusammenfassungen, Bildern zu einzelnen Textabschnitten;
- tabellarische Wiedergabe von wichtigen Informationen aus dem Text zur Verdeutlichung der Textstruktur;
- aus verschiedenen Zusammenfassungen (richtigen und falschen) die dem Text entsprechende herausfinden;
- Fragen zum Text beantworten;
- bei Mehrfachwahlantworten richtige Lösungen ankreuzen;
- Überprüfung von vorher aufgestellten Hypothesen;
- Zusammenfassung der wichtigsten Textinhalte;
- durcheinandergebrachte Textabschnitte in die richtige Reihenfolge bringen;
- einen aus dem Text herausgenommenen Satz oder Abschnitt wieder in den Text einfügen;
- visuelle Umsetzung des Textes oder seiner Struktur;
- einzelne unbekannte Wörter aus dem Kontext heraus erschließen, erklären, übersetzen;
- grammatische Strukturen aus dem Text heraussuchen, analysieren, in Übungen anwenden und wieder in den thematischen Zusammenhang des Textes einbetten;
- die Argumentationsstruktur (Haltung, Einstellung, kommunikative Absichten der Sprecher) analysieren;
- den Unterschied zwischen Information und Meinung herausarbeiten;
- den Sprachstil und die Sprachebene des Textes analysieren;
- Text, je nach Eignung, auswendig lernen, nacherzählen, spielen;
- Textinhalt/-elemente variieren oder gegen seine Intentionen kehren;
- Dialog in erzählenden Text umschreiben oder umgekehrt;
- Rollenspiele machen;
- Text dramatisieren (z. B. Hörspiel schreiben und aufnehmen);
- Collage zum Thema anfertigen;
- Argumentationsspiel mit festgelegten Positionen machen;
- Kommentar, Kritik, Wertung des Textes aus der eigenen Perspektive schreiben und darlegen;
- Diskussion, Debatte o. ä. (Redemittelliste und Argumentationsliste) vorbereiten;
- Parallel- und Alternativgeschichten erfinden, schreiben, erzählen;
- neuen Schluß oder Weiterführung des Textes ausdenken;
- Meinungsaustausch in der Gruppe auf der Grundlage des gelesenen Textes, z. B. Kulturvergleich aufgrund der Informationen aus dem Text und den eigenen Gegebenheiten.

Während bei den Hör- und Lesetexten im Lehrwerk diese und alle anderen geeigneten Verfahren angewandt werden können, sollen sich bei den mit und gekennzeichneten Hör- und Leseverständnistexten die Unterrichtsaktivitäten auf angemessene Hör- und Leseverständnisauswertungen beschränken. Hör- und Leseverständnistexte stehen außerhalb der Grammatik- und Wortschatzprogression; sie dürfen deshalb nicht „Wort für Wort" oder „Struktur für Struktur" abgearbeitet werden; sie dienen dem Grobverständnis der Texte, dem orientierenden und selektiven Lesen und Hören.
Der gesprochene bzw. gesungene Text für die HV-Übungen befindet sich auf der Cassette (Transkription an den jeweiligen Stellen im HfU). Im Lehrbuch stehen nur die Leitfragen oder Aufgaben. Das Ziel ist das Grobverständnis des gehörten Textes im Hinblick auf die Leitfragen oder Aufgaben; keine Detailfragen, keine Wortschatz- oder Grammatikanalyse. (Eine Ausnahme bildet der HV-Text in L4, der in die weitere Arbeit im Baustein integriert ist.) Diese Schulung in der Hörkompetenz ist eine wichtige Vorbereitung für das Gespräch mit „normalen" Deutschsprachigen, die keine Rücksicht auf Grundwortschatz und Grundstrukturen nehmen, wenn sie sprechen, und auch für den Umgang mit Medien (Kabel-/Satellitenfernsehen usw.).
Bei Hörverständnisaufgaben sollte man;
- zuerst die Leitfragen oder Aufgaben lesen und deren Verständnis sichern;
- dann den Text auf Cassette einmal oder zweimal ganz vorspielen;
- Fragen (schriftlich) beantworten oder Aufgaben lösen;
- bei Bedarf den gesamten Text oder Teile daraus noch einmal oder wiederholt vorspielen;
- Lösungen vergleichen, gegebenenfalls mit Hilfe der Cassette korrigieren.

Ähnlich läuft die Arbeit mit LV-Texten ab. Wichtig ist, daß die KT zuerst die Aufgaben lesen und verstehen und von daher wissen, worauf sie sich beim Lesen des Textes konzentrieren müssen. Falls Sie als KL finden, daß die im Buch durchgeführte Auswertung eines LV-Textes nicht auf die Aspekte des Textes eingeht, die Sie vordringlich behandeln möchten, oder falls Sie die Art der Auswertung für unpassend halten, sollten Sie versuchen, eine andere Auswertung vorzubereiten. Dokumentationen von LV-Auswertungsmöglichkeiten finden sich u. a. in Westhoff, Gerhard: *Didaktik des Leseverstehens*. Ismaning 1986.

Phonetik

Jede Lektion enthält einen Abschnitt zur Ausspracheschulung, leicht erkennbar am Symbol der Note: .
Da eine „richtige" Aussprache Gegenstand des Sprachunterrichts von Anfang an sein muß, wird gelegentlich ein phonetischer Vorkurs empfohlen. Aus verschiedenen Gründen (Motivation, noch unbekanntes Sprachmaterial usw.) wird in SPRACHBRÜCKE ein anderer Weg beschritten. Einerseits sollen die KL auf eine korrekte Aussprache der KT von Anfang an achten und laufend entsprechende Hinweise geben. Darüber hinaus meinen wir aber, daß auch Probleme der Aussprache rationeller zu beheben sind, wenn sich Lehrende und Lernende Ausspracheprobleme bewußt machen und sich während des Sprachlernprozesses systematisch mit ihnen beschäftigen. Die Gesamtheit der für wesentlich erachteten Faktoren für einen „Aussprachelehrgang" ist daher in überschaubare Abschnitte aufgeteilt und auf die Bände 1 und 2 von SPRACHBRÜCKE verteilt worden. Man kann jederzeit „einsteigen", auch wenn man nicht mit SPRACHBRÜCKE Band 1 gearbeitet hat. Die Abschnitte zur Phonetik in den Lektionen beider Bände umfassen allerdings ein abgerundetes Programm: Am Ende von Band 1 verfügen die KT über ein Fundament: alle deutschen Laute wurden explizit behandelt und Grundtendenzen der Satzintonation bewußt gemacht und geübt. In Band 2 werden darauf aufbauend Einzelprobleme bei Lauten bearbeitet, außerdem emphatische Intonationsmuster und Zusammenhänge von Lauten und orthographischen Regeln behandelt.
Für die Darstellung der **Laute** wird die übliche IPA-Umschrift benutzt. Zur **Intonation** und deren Markierung in SPRACHBRÜCKE finden Sie ausführliche Erläuterungen im Handbuch für den Unterricht zu SPRACHBRÜCKE Band 1, und zwar im Einführungsteil und in den Ausführungen zu den einzelnen Lektionen, in denen Intonation behandelt wird.
Kurz zusammengefaßt seien hier noch einmal die wesentlichen Informationen zur Markierung. Für die **drei Hauptmerkmale** der deutschen Intonation verwenden wir die Interlineartranskription

nach Stock und Zacharias (vgl. Stock, Eberhard; Zacharias, Christina: *Deutsche Satzintonation.* Leipzig 1973):

1. Angegeben wird die **Tonhöhe**, genauer: die für das Deutsche typische, sprunghafte Veränderung der Stimmhöhe aus einer mittleren Lage nach oben (steigend) oder nach unten (fallend). Wir verzichten auf Angaben zum Umfang des Intervalls und markieren nur die Stelle des **Tonbruchs**, und zwar in der jeweiligen Richtung:

Marcel saß vor seinem /Fernseher und hat \Fußball gesehen.

2. Solche Tonbrüche stehen immer in Zusammenhang mit Satzakzenten, die auch Wortakzente sind. (Sie werden nur anfangs in SPRACHBRÜCKE Band 1 im Druck durch Akzente gekennzeichnet, um sie bewußt zu machen. In SPRACHBRÜCKE Band 2 tauchen sie in dieser Form nur einmal in L 9, ♪ 2 auf.) In der Interlineartranskription werden **Satzakzente** durch **waagrechte Linien** über oder unter der Akzentsilbe markiert:

Marcel saß vor seinem /Fernseher und hat \Fußball gesehen.

3. Typisch für das Deutsche und daher ebenfalls sehr wichtig für eine annähernd „normale" deutsche Intonation ist der **Tonabfall** nach der letzten Akzentsilbe im Satz: Die Stimme sinkt bei den auf diese letzte Akzentsilbe folgenden unbetonten Silben bis zur unteren Grenze des individuellen Sprechstimmumfangs ab. Ein abwärtsweisender Pfeil weist darauf hin:

Marcel saß vor seinem /Fernseher und hat \Fußball gesehen.

Aus dem weiten Gebiet der Intonation werden in Band 2 beispielhaft einige emphatische Sprechmuster herausgegriffen und behandelt. An ihnen zeigt sich einerseits der wechselseitige Zusammenhang von Intonation, Syntax und Lexik. Andererseits kann deutlich werden, daß die Intonation semantische und grammatische Vorgaben ausschalten kann. Die KT sollen wissen, daß durch eine bestimmte Intonation eine spezielle Aussage- und Bedeutungsvariante unter mehreren möglichen ausgewählt und festgelegt wird.
Für die praktische Arbeit in der Klasse muß die/der KL versuchen zu erreichen, daß die KT üben, „richtig" zu hören. Denn nur wer die typischen Elemente des Klangbildes wahrzunehmen lernt, kann die fremden Laute und Satzmelodien auch angemessen selbst produzieren.
Und noch eine Empfehlung: Ermuntern Sie die KT bei Ausspracheübungen zu übertreiben! So wird das Wesentliche deutlich. Darüber hinaus belustigt beispielsweise extreme Überraschung oder Enttäuschung durch entsprechend überdeutliche Intonation die Lerngruppe – ein durchaus nicht nebensächlicher Faktor für ein günstiges und anregendes Lernklima! Die spätere „Normalisierung" stellt sich von selbst ein.

Aufbau der einzelnen Lektionen

Jede Lektion beginnt mit einer graphisch besonders gestalteten ***Auftaktseite***, die visuelles und ausgewähltes sprachliches Material zu Aspekten der Lektion enthält. Diese Auftaktseite hat folgende Funktionen:
- Einstimmung auf die Inhalte der Lektion;
- Anregung zum freien Assoziieren, zum Beschreiben, Erzählen usw.;
- Aktivierung von Vorkenntnissen;
- Hilfe bei der Einführung neuen Wortschatzes;
- Illustration einzelner Lektionsteile.

Im übrigen besteht jede Lektion aus einer linearen Abfolge von Bausteinen (diese sind mit Großbuchstaben gekennzeichnet), die jeweils einen thematischen, grammatischen oder methodischen Schwerpunkt haben. Die Bausteine sind wiederum in einzelne, mit Nummern versehene Schritte untergliedert.
Erwiesenermaßen steigen Motivation und Lernerfolg, wenn die Beschäftigung mit dem Deutschen über den Kursraum hinausreicht. An vielen Orten ist der Unterricht nicht sehr stundenintensiv, aber die KT verfügen über Zeit und Möglichkeiten, zusätzliche Informationen zu beschaffen. Dazu sollen die Projekte anregen. Nicht überall wird es möglich sein, alle Projekte durchzuführen. Aber

wo die Anregungen aufgegriffen werden, können die Nachforschungen und Ergebnisse den Unterricht entscheidend bereichern.
Die Lektionen insgesamt, wie auch die einzelnen Bausteine, sind so angelegt, daß die Reihenfolge der Präsentation des Lernstoffes im Buch möglichen Unterrichtsabläufen entspricht. Es muß also bei der Durchnahme einer Lektion nicht zwischen A-, B- und C-Teilen hin- und hergesprungen werden.
Die Abfolge der Bausteine in den Lektionen und die Anordnung von Texten, Tabellen, Aufgaben, Übungen usw. innerhalb der Bausteine sind, dem **integrierten** Darbietungsprinzip von SPRACHBRÜCKE entsprechend, immer sorgfältig auf die jeweiligen Themen und Lernziele abgestimmt. Es gibt keine starre und schematische Zuordnung bestimmter Lerninhalte (Grammatik, Texte) zu bestimmten Lektionsteilen.

Das Arbeitsbuch

Das einsprachig deutsche Arbeitsbuch zu SPRACHBRÜCKE 2 besteht aus zwei Teilen. Der erste Teil umfaßt die Lektionen 1-5, der zweite Teil die Lektionen 6-10. Auf diese Weise kann das Übungsmaterial flexibel in verschiedenen Kursstufen eingesetzt werden. Das Arbeitsbuch zu SPRACHBRÜCKE 2 führt die Konzeption des Arbeitsbuches zu SPRACHBRÜCKE 1 weiter, setzt aber auch neue Akzente.
Generelles Ziel des Arbeitsbuches ist es, in Übungen und Aufgaben die impliziten und expliziten Lernziele von SPRACHBRÜCKE 2 aufzugreifen, sie auf vielfältige Weise einzuüben, zu variieren und zu festigen, zusammenzufassen und zu wiederholen.
Die Übungspalette reicht von drillähnlichen Reihenübungen bis hin zu komplexen Arbeits- und Schreibaufträgen. Neben dem Üben und Anwenden von grammatischen Strukturen liegt ein besonderer Schwerpunkt auf der Wortschatzarbeit: Wortbildung, Wörterlernen und Erweiterung des Wortschatzes sind Gegenstand zahlreicher Übungen. Die Spiel- und Rätselecke lädt immer wieder zum spielerischen Umgang mit dem Erlernten ein.

Weitere Schwerpunkte sind:
- Interaktive/kultur-kontrastive Übungen und Aufgaben;
- Landeskundliche Aufgaben zur Entwicklung in Deutschland nach der Vereinigung im Oktober 1990;
- Wahlmöglichkeiten, Binnendifferenzierung und fakultative Angebote;
- Lesetexte zum Thema der Lektion, Stichwort „Leselust zum Thema";
- Lesestrategien wie z. B. „Wörter aus dem Kontext erschließen";
- Schreiben längerer Texte und Textaufbau.

Das Arbeitsbuch enthält einen **ausführlichen Lösungsschlüssel**. So können zahlreiche Übungen im Selbststudium (als Hausaufgabe) erledigt werden.
Zum Arbeitsbuch gibt es **keine Hörcassette**.
Hinweise zu einzelnen Übungen befinden sich im Anschluß an jede Lektionsbeschreibung in diesem Handbuch.

Lektion 0
Ein Eisbrecher-Spiel zum Kennenlernen

Lektion 0 ist besonders gedacht für Gruppen von KT, die mit Band II in einer neuen Zusammensetzung beginnen. Sie dient zur Auflockerung und zum ersten oberflächlichen Kennenlernen der KT untereinander. Im Gegensatz zu vielen psychologischen Kennenlernspielen, die die Mitspieler leicht in Bedrängnis bringen und sie dazu verleiten können, mehr über sich zu sagen, als sie eigentlich wollen, ist dieses Spiel eher „harmlos", da die KT selbst bestimmen, welche Informationen sie über sich geben möchten.
Falls der Spielverlauf mit seinen Elementen wie „im Klassenzimmer herumlaufen" und „anderen Menschen Fragen zum privaten Bereich stellen" für den kulturellen Kontext Ihrer Lernergruppe nicht angemessen sein sollte – und besonders falls er Verängstigung, Ablehnung etc. hervorrufen könnte, ersetzen Sie dieses Spiel bitte durch eine kulturangemessene Form des Begrüßens/Kennenlernens. Umgekehrt: in einem westlichen Klassenzimmer mit erwachsenen Lernern – falls für sie Psycho-Spiele zum Alltag gehören – könnte es durchaus sein, daß eine weniger distanzierte Form eines Kontaktspiels größeren Erfolg hat.
Beschreibung des Spielverlaufs: Jeder KT schreibt eine Information über sich auf einen Zettel und befestigt sie gut sichtbar an einem Kleidungsstück. Diese Information ist die Antwort auf eine Frage. Sie sollte möglichst so gewählt sein, daß verschiedene Fragen zu dieser Antwort führen können. Die KT gehen im Klassenzimmer herum und stellen einander so lange Fragen, bis sie die richtige Frage gefunden haben. Bei einer kleinen Gruppe kann so jeder mit jedem reden, bei einer größeren wird der KL nach einer bestimmten Zeit Halt rufen. Alternative zum „Halt-Rufen": der KL macht ein vorher verabredetes Zeichen für das Ende (z. B. er hebt den Arm) und die KT hören auf zu fragen, sobald sie das Zeichen bemerken. Dieses Vorgehen ergibt einen schönen Effekt: Abschwellen des Geräuschpegels bis zum völligen Schweigen, die KT stellen fest, wie engagiert sie beim Suchen nach der richtigen Frage – und damit beim Reden auf deutsch – bereits in der ersten Stunde des neuen Kurses waren.
Das Spiel ist entweder Selbstzweck, oder es erhält eine sportliche Wettbewerbskomponente: Wer hat die meisten richtigen Fragen gestellt?
Vorgehen: Mit einigen Gruppen werden Sie die Seiten 7 und 8 des Lehrwerks ignorieren und nach Erklärung der Regeln gleich spielen können. In den meisten Fällen wird es sich jedoch empfehlen, zuerst die **Auftaktseite** und A1 durchzuarbeiten. Dabei kann an der Tafel eine Zusammenstellung aller Arten von Fragen, die man stellen kann, und von möglichen Antworten, erscheinen. Bei A1 sollte man darauf achten, daß möglichst auch „verrückte" Fragen ausprobiert werden. Dadurch wird gewährleistet, daß in der wirklichen Spielrunde vergnügliche Frage-Antwort-Situationen vorkommen.

i *Ei wie fein*, (oder: *Ach, wie gut,*) *daß niemand weiß, daß ich Rumpelstilzchen heiß*! ist ein oft zitierter Satz aus dem Märchen *Rumpelstilzchen*, in dem ein kleines böses Männlein einer Müllerstochter beim Spinnen von Gold hilft, zum Lohn dafür aber deren Kind haben möchte. Sie kann ihr Kind nur behalten, wenn sie den Namen des Männleins errät, eine scheinbar unlösbare Aufgabe, denn das Männlein brüstet sich, wenn es allein ist, daß niemand seinen Namen kennt: *Ei wie fein, daß niemand weiß, daß ich Rumpelstilzchen heiß*. Wie sich das in einem guten Märchen gehört, hört ein Bote das im letzten Moment und erzählt ihr davon, so daß sie das Männlein bei seinem richtigen Namen nennen kann.
Ausschnitte aus dem Text des Märchens finden Sie in Arbeitsheft (Lektion 1-5), S. 23, in Arbeitsheft (Lektion 5-10), S. 104-105 und im HfU, S. 117.

Lektion 1		LB
Thema	Eigenbild und Fremdbild Urteile und Vorurteile Vermutungen über ein fremdes Land Die Deutschen von außen gesehen	A-G A1, A3, C, E1 D D2, F, G
Grammatik	Wortbildung: Adjektiv Substantiv: Genus der Substantive Partikeln: *eben* Satzpartikeln: *unbedingt, bloß nicht, eben, genau, immerhin, von wegen* Modalverben: *müssen, sollen, wollen*; Bedeutung: Vermutung, Zweifel Determinative und Adjektive Nominalgruppe: Die Endungen des Adjektivs	A1, A2 A1, A2 B1-B3 B4-B6 D1-D3 E E1-E3
Phonetik	Intonation: Partikeln, Satzpartikeln	
Projekt	Vorurteile zusammenstellen	C2

Auftaktseite

Gezeichnete Gegenstände benennen und überlegen, mit welchem Land sie verbunden sind. Eventuell noch andere Assoziationen mit den Ländern an die Tafel schreiben und festhalten, welche Bilder vom eigenen Land und von Nachbarländern man auf so einer Collage finden würde.
Wortschatz: das Hochhaus – die Skyline – die Kuckucksuhr – der Champagner – die Pickelhaube – der Polizist – Big Ben (London) – der schiefe Turm (Pisa) – der Cowboy – das Lasso – das Schloß (das Märchenschloß/Neuschwanstein) – der Weihnachtsmann – der Nikolaus – der Tannenbaum – der Bart – der Stock – der Bierkrug – der Hase – der Mercedes – der Hamburger (Plural: zwei Hamburger; ohne -s) – die Zeichentrickfigur – die Micky-Maus

W

A1 Urteile? Vorurteile?

Urteile und Vorurteile über andere (Menschen, Länder) werden in fiktiven Mini-Dialogen ausgedrückt. An der Stelle von Ländernamen stehen Ausdrücke wie „dort“ oder „bei denen“.

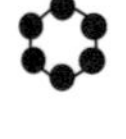

Vorgehen: Auftaktseite zu einer ersten Spekulation über Vorurteile benutzen, über den Titel „Urteile? Vorurteile? spekulieren, jeden der Mini-Dialoge einzeln hören, Verständnis durch Fragen und Erklärungen sichern, erneut vorspielen, Text laut lesen lassen, auf Aussprache achten, auf den Titel zurückkommen: sind das Urteile oder Vorurteile? Was sind Urteile und Vorurteile? (Hier ggf. kurze Ausflüge in die Muttersprache zulassen, wenn es der Klarheit der Diskussion dient.) Fragen, über wen hier eigentlich gesprochen wurde, entsprechende Stellen im Text unterstreichen lassen (*dort – die Leute dort/ sie – die Leute aus dieser Gegend/sie/von dort/da/die Leute dort*).
Bei Interesse der KT kurz darüber reden, auf welche konkreten Leute/Länder solche Aussagen zutreffen könnten; diese Diskussion jedoch möglichst klein halten; sie sollte die Diskussion in C2, die dort mit dem bis dahin neu gelernten Vokabular besser geführt werden kann, nicht vorwegnehmen.
Genus der Substantive: (evtl. erst nach A3 behandeln). Diese Regel könnte zum Anlaß genommen werden, noch einmal alle Regeln und Tendenzen zum Genus, die die KT während der Arbeit mit Band I bereits gelernt haben (vgl. kontrastive Arbeitsbücher) zu wiederholen und noch einmal darauf hinzuweisen, daß es trotz aller Versuche, Regeln zu finden, notwendig ist, sich das Genus jedes Substantivs einzeln einzuprägen.

A2 Adjektiv – Substantiv

Lösungen:
ordentlich – die Ordnung; spontan – die Spontaneität; ruhig – die Ruhe; arm – die Armut; sauber – die Sauberkeit; zuverlässig – die Zuverlässigkeit; großzügig – die Großzügigkeit; zufrieden – die Zufriedenheit; lecker – die Leckerei; faul – die Faulheit; schlampig – die Schlampigkeit; berühmt – die Berühmtheit; perfekt – die Perfektion; musikalisch – die Musikalität, die Musik; freundschaftlich – die Freundschaft; natürlich – die Natürlichkeit; ernst – der Ernst; geizig – der Geiz; pflichtbewußt – das Pflichtbewußtsein; paradiesisch – das Paradies
Im Text A1 taucht das Substantiv „Musik“ auf: die meisten KT werden dabei „musikalisch“ „Musik“ zuordnen. Falls einige KT auch „Musikalität“ als Antwort geben, lohnt es sich, auf den Unterschied zu verweisen: Musikalität = musikalisch begabt sein.

A3 Wer sieht was wie?

Wer sieht was wie?

Lösungen:

K

was?	wer?/wie?		
	positiv	negativ	neutral
wenig Sauberkeit		A	
leckeres Essen	A, B		
Ernst		D	C
Pflichtbewußtsein			C
Zuverlässigkeit			C
Arbeit		D	C
Faulheit	D (?)		D (?)
Geiz		E	
Großzügigkeit	E		
Perfektion		H	G
keine Spontaneität und Schlamperei		H	
Ruhe und Ordnung		H	
Natürlichkeit	I		
echte Zufriedenheit	J		
Armut		J	

↗ Sie finden hier die Lösungen in die Tabelle eingetragen. Wenn Sie die Möglichkeit haben, diese Tabelle auf Folie zu kopieren, tun Sie das bitte. Lassen Sie das Folienbild an der Wand, während Sie Aufgabe 2 *Was ist für sie positiv/negativ/neutral* mit den KT diskutieren. Sie können dann als Ergebnis der Diskussion die Meinungen in Ihrer Gruppe ebenfalls auf die Folie schreiben. Dieses „Ergebnis“ können Sie dann später immer hervorholen, wenn Sie in Ihrer Gruppe konkrete nationale Eigenschaften thematisieren.

B1 Das ist eben so

Minidialog hören und lesen lassen. Auf die Intonation achten. Danach eventuell sofort zur ersten Intonationsübung (S. 15) übergehen. Bedeutung von *eben* erklären, überlegen, wie man in der Sprache der KT die Tatsache, daß man an etwas nichts ändern kann, ausdrückt; verschiedene Varianten finden und den Text in der Klasse von den KT übersetzen lassen.
Falls die Gruppe nicht zu groß ist: Zweier- oder Dreiergruppen bilden, die den Dialog übersetzen, die verschiedenen Ergebnisse an die Tafel, auf Overhead-Folien schreiben lassen, die Übersetzungen in zwei Runden diskutieren. Runde 1: Korrektur der „echten" Fehler (Grammatik, Orthographie, völlig falsche Bedeutungen). Runde 2: Übersetzungen vergleichen: Aus den verschiedenen Übersetzungen das jeweils Positive herausziehen und so zur bestmöglichen „gruppeneigenen" Übersetzung kommen. Das Schwergewicht sollte auf der Betrachtung der verschiedenen Übersetzungsmöglichkeiten liegen, nicht auf der Suche nach der „besten" Übersetzung.

B2 eben

Entweder: Schreibübung: für die Sprecher C und D sollten dann jeweils neue zu den vorgegebenen Adjektiven passende Inhalte gefunden werden. Oder: *eben*-Sprechübung: *ernst* muß jeweils durch ein neues Wort ersetzt werden, der Rest bleibt gleich, je drei KT sind C, D und E. Dabei immer mehr das Sprechtempo steigern.
Am Ende von B2 evtl. Hinweis geben: es gibt im Deutschen das Wort *halt*, das als Partikel die gleichen Funktionen erfüllt wie *eben*. Traditionell kommt *halt* eher im süddeutschen, *eben* eher im norddeutschen Sprachraum vor – durch die Verbreitung des gesprochenen Worts durch die Medien verwischen sich diese Grenzen jedoch.

i

B3 Eben ist nicht gleich eben

Lösungen:
Zeile 1 = (räumlich): flach; Zeile 3 = (zeitlich): gerade, in diesem Moment; Zeile 5 = Partikel: daran läßt sich nichts ändern; Zeile 8 = 1. Partikel 2. flach (= ohne Hindernisse); Zeile 9 = Partikel; Zeile 10 = zeitlich: gerade, in diesem Moment

B4 Treppengespräch

Hören, Verständnis sichern, lesen lassen, mit verteilten Rollen lesen, evtl. mit verteilten Rollen spielen.

Lösungen:
1. Unterstrichen werden: *eben, immerhin, genau, von wegen, bloß nicht, unbedingt.*
Falls die KT *Na ja* unterstrichen haben, können Sie das auch akzeptieren und mit Hilfe des Glossars *na ja* besprechen.
2. Bestätigungen erfolgen durch: *eben*, *genau* und *unbedingt*. Widersprochen wird durch *von wegen* und *bloß nicht*. *Immerhin* ist eine Zustimmung, die trotz Einschränkungen das Positive des Gesagten hervorhebt.

B5 Was paßt wozu?

Lösungen:
1. von wegen; 2. immerhin; 3. unbedingt; 4. bloß nicht; 5. eben, genau 6. eben, genau

C1 Der Witz von den drei Elefantenbüchern

Hören und Lesen. Finden die KT den Witz zum Lachen? Würde man in ihrem Land ähnlich über Deutsche, Franzosen und Nordamerikaner denken?

C2 Vorurteile

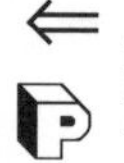

Auf Auftaktseite, A1 und A3 zurückkommen. Je nach Interesse der KT ein großes Projekt mit Materialsammlung, Wandzeitung etc. und mit Diskussionen über Funktion und Auswirkungen von Vorurteilen machen oder nur kurz zusammenfassend diskutieren.

C3 (Vor-)Urteile

Lesen. Verstehen. Falls Cartoons bei den KT auf Interesse stoßen, evtl. einen anderen mit leeren Sprechblasen mitbringen und sie Texte schreiben lassen. Cartoonfigur: Hägar, der Schreckliche.

Phonetik

Die Lernziele auf einen Blick:

♪ 1 Intonation: Die Partikel *eben* wird nicht betont. ♪ 2 Intonation: Satzpartikeln werden immer betont.

♪ Intonation: Partikeln

Hier wird die Partikel *eben* behandelt (vgl. B1). Diese Partikel darf nicht betont werden. In Sätzen mit der Partikel *eben* wird oft das Verb hervorgehoben, das sonst im Deutschen ja meist unbetont ist. Je nach Kontext kann manchmal auch ein anderes Satzglied durch Tonbrüche hervorgehoben werden.

Lösungsmöglichkeiten für b):

Bei denen /ist\ es eben nicht sauber! (Bei /denen \ist es eben nicht sauber!)

Die /ken\nen eben nur ihre Arbeit! (Die kennen eben /nur ihre \Arbeit!)

Geizig, wie die eben /sind\! (/Geizig, wie die eben \sind!)

Für die /ist\ Ruhe und Ordnung eben das Höchste! (Für die ist Ruhe und /Ordnung eben das \Höchste!)

Dort exis/tie\ren eben noch paradiesische Zustände. O/der? (Dort existieren eben noch para/diesische \Zustände. O/der?)

Vorurteile /sind\ eben immer falsch! (Vorurteile sind eben /immer \falsch!)

♪ Intonation: Satzpartikeln

Im Gegensatz zu den Partikeln im Satz werden Satzpartikeln durch betonende Hervorhebung akzentuiert. Zur Erinnerung: In jedem Satz trägt ein Wort den Haupt-Satzakzent. Besteht der Satz nur aus einer Satzpartikel, so muß sie den Satzakzent tragen.

Lösungen:

a) Von /we\gen. Der will /Fuß\ball sehen.
/Ge\nau. (Ge\nau.)

b) Unbe/dingt\. (/Unbe\dingt.)
/Bloß\ nicht.
/Immer\hin. Er ist /nie \langweilig.
Ge/nau\. (Ge\nau.)
E\ben.

D1 Vermutungen

⇐

Hören, nach Verstandenem fragen, erneut hören, fragen, erklären, laut lesen lassen, Dialog von zwei KT vortragen lassen. Grammatik durchgehen, Entsprechungen in den Sprachen der KT finden, mit den schon bekannten Bedeutungen von „müssen", „wollen" (Band 1, L5, B2) und „sollen" (Band 1, L9, A3) konfrontieren.

Z

Falls Sie der Meinung sind, daß Ihre KT vor den Übungen D2 etc., in denen der Unterschied zwischen den Modalverben erkannt werden muß, eine einfache Übung brauchen, in der der Satzrhythmus und die Sicherheit im Umgang mit derartigen Sätzen im Vordergrund steht, können Sie die folgende Übung einschieben:

W

Distanz zu Vorurteilen
In einer Schulklasse im Ruhrgebiet haben die Schüler (Deutsche und Kinder ausländischer Arbeiter) zusammengestellt,
1. wie die Deutschen die Ausländer einschätzen,
2. wie Ausländer die Deutschen sehen.
1. arm, fremd, primitiv, laut, musikalisch, in Massen auftretend, stinkend, faul, zu anspruchsvoll, arbeitswillig, hinter deutschen Mädchen her, wohnungslos, gute Liebhaber, kinderlieb, religiös, heimatliebend
2. reich, egoistisch, verständnislos, rabiat, ohne jeden Unternehmungsgeist, erziehen ihre Kinder lieblos, sauber, pünktlich, fleißig, ehrgeizig, rechthaberisch, kalt
Drücken Sie Ihre Distanz zu diesen Vorurteilen aus:
Beispiel:
arm: Die Ausländer sollen arm sein.
reich: Die Deutschen sollen reich sein.

D2 Vermutungen über Deutschland: sicher oder unsicher?

Lösungen:
1. Hamburg muß in Deutschland liegen.
2. Deutsch soll eine schwere Sprache sein.
3. Die Deutschen sollen nur Sauerkraut essen.
   (Zur Verdeutlichung von *sollen* und *sollen* können Sie an diesem Beispiel auch die andere Lesart dieses Satzes zeigen. Er kann auch bedeuten: Eine besondere Macht hat befohlen, daß die Deutschen (ab jetzt) nur noch Sauerkraut essen sollen (als Teil einer „nationalen Diät").
4. In Deutschland muß es noch anderes Essen geben.
   (Idiomatischer wäre: *In Deutschland muß es auch noch anderes Essen geben.* Wenn die KT das von alleine produzieren, akzeptieren Sie es und verbreiten es in der Gruppe.)
5. Die Deutschen sollen den meisten Kaffee in der Welt trinken.
6. Die Männer in Deutschland sollen Röcke tragen.
   (Diesen Satz kann man gut mit Frageintonation lesen. Dann wird aus der unsicheren Vermutung ein Ausdruck des Zweifelns).
7. Einige Vermutungen müssen falsch sein.

D3 Zwerg und Riese

Lösungen:
oben: Der Zwerg will den Riesen besiegt haben. Er muß ihn besiegt haben.
unten: Der Zwerg will den Riesen besiegt haben.

D4 Vermutungen über ein fremdes Land

In der Gruppe beschließen, ob man über ein fiktives fremdes Land (Lilaland?) schreibt oder über ein konkretes fremdes Land, das keiner der KT kennt. Hausaufgabe: schriftlich Vermutungen über dieses Land sammeln. In der Klasse vorlesen lassen: bei widersprüchlichen Vermutungen evtl. wieder auf das Thema Vorurteile/Urteile kommen.

E1 Wie soll das alles enden?
E2 Determinative und Adjektive

⇐ Adjektivdeklination wird in Band 1 in Lektion 6, C2 (Deklination ohne Artikel, mit unbestimmtem Artikel), Lektion 7, A2 (Deklination mit bestimmtem Artikel) und in Lektion 13, C3 und C5 (Deklination substantivierter Adjektive) behandelt. Hier wie da gilt: Während in der gesprochenen Sprache fehlerhafte Adjektivendungen weniger ins Gewicht fallen, sind sie in der geschriebenen Sprache zumeist von größerer Bedeutung.
Wie weitgehend Sie als KL die Korrektheit von Adjektivendungen verfolgen, hängt also z. T. vom Lernziel, z. T. aber auch von den individuellen und gesellschaftlichen Bewertungen des Faktors „Korrektheit" ab (z. B. wie prüfungsrelevant ist es; inwieweit akzeptieren individuelle KT für sich, daß sie etwas evtl. nicht ganz korrekt beherrschen).
Beim Herangehen an den E-Teil empfiehlt es sich, zuerst das vorhandene Wissen der KT über die Adjektivdeklination (Nullartikel, bestimmter, unbestimmter Artikel) zusammenzutragen und auf den generellen Satz zu verweisen, daß die Informationen über Genus, Kasus und Numerus irgendwo in der Nominalgruppe (im Artikel oder in der Adjektivendung) transportiert werden müssen.
Erst danach sollten Sie sich an den E-Teil heranwagen und betonen, daß diese so kompliziert aussehenden Tabellen in E2
a) Informationen zusammenfassen, die die KT größtenteils schon kennen und
b) zum Nachschlagen (und nicht zum Auswendiglernen) dort stehen.
Neu ist für die KT nur der explizite Hinweis, daß der Typ des Determinativs (Artikel, Possessivpronomen, Indefinitpronomen, Demonstrativpronomen) auch einen Beitrag zur Bestimmung der Adjektivendung leistet. Stellen Sie sicher, daß jeder KT die Struktur der Tabellen verstanden hat und analysieren Sie dann den Text E1.

E2 Determinative und Adjektive

Lösungen:

alle grauen Fische – Typ A, Nom, Pl, m, E: en; ein besseres Meer – Typ 2, Nom, Sg, n, E: es; jeder graue Fisch – Typ 1, Nom, Sg, m, E: e; sein eigenes Meer – Typ 2, Nom, Sg, n, E: es; irgendein anderes Meer – Typ 2, Nom, Sg, n, E: es; kein blauer Fisch – Typ 2, Nom, Sg, m, E: er; welcher blaue Fisch – Typ 1, Nom, Sg, m, E: e; jene grauen Fische – Typ A, Nom, Pl, m, E: en; keine guten Fische – Typ A, Nom, Pl, m, E: en; blaue Fische – Typ B, Nom, Pl, m, E: e; keine grauen Fische – Typ A, Akk, Pl, m, E: en; einige blaue Fische – Typ B, Nom, Pl, m, E: e; grauem Kopf – Typ 3, Dat, Sg, m, E: em; manche grauen Fische – Typ A, Nom, Pl, m, E: en; blauer Brust – Typ 3, Dat, Sg, f, E: er; zwei kleine Fische – Typ B, Nom, Pl, m, E: e; verschiedener Farbe – Typ 3, Dat, Sg, f, E: er; dieselben guten Eigenschaften – Typ A, Akk, Pl, f, E: en; wenige graue Fische – Typ B, Nom, Pl, m, E: e; ein paar blauen Fischen – Typ B, Dat, Pl, m, E: en; die meisten blauen Fische – Typ A, Akk, Pl, m, E: en; die meisten grauen Fische – Typ A, Akk, Pl, m, E: en; graue Fische – Typ B, Nom, Pl, m, E: e; blauen Fischen – Typ B, Dat, Pl, m, E: en; keine richtigen grauen Fische – Typ A, Nom, Pl, m, E: en; diese grauen Fische – Typ A, Nom, Pl, m, E: en

⇅ **Wichtig**: Falls die Lernziele Ihrer KT oder die Sprachlerngewohnheiten der KT etc. eine derartige analytische Vorgehensweise als nicht sinnvoll erscheinen lassen (falls sie z. B. zu Versagensgefühlen führen würden), lassen Sie die Doppelseite 18/19 bitte aus und achten Sie im Unterricht in den nächsten Wochen verstärkt auf die Stimmigkeit in der Nominalgruppe.

E3 Übung

Übung immer mit Blick auf die Tabelle machen lassen.

E4 Unbestimmte Zahlwörter: politisch

Rudolf Otto Wiemer, geb. 1905 in Friedrichsroda/Thüringen, ist Lehrer, Puppenspieler, Kritiker, Schriftsteller. **i**

Lösungen:
zu 1: alle Deutschen; viele Deutsche; manche Deutsche/Deutschen; einige Deutsche; ein paar Deutsche; wenige Deutsche; keine Deutschen
zu 2: Nationalsozialismus

F1 Urteile über Deutsche und Deutsches

a) Nummern der Texte: 2; 4; 3; 4; 1 oder 6; 5
b) oben links (Fließband, es handelt sich um die Herstellung eines Föns), oben rechts (Waschmaschine) und unten mitte und rechts (Auto, Kraftwerk) zu Text 3; oben Mitte (Badeanstalt) zu Text 4 oder 5; unten links (Bürosituation mit dem Rücken zueinander) zu Text 2.

F2 Die Deutschen von außen gesehen

Lösungen:

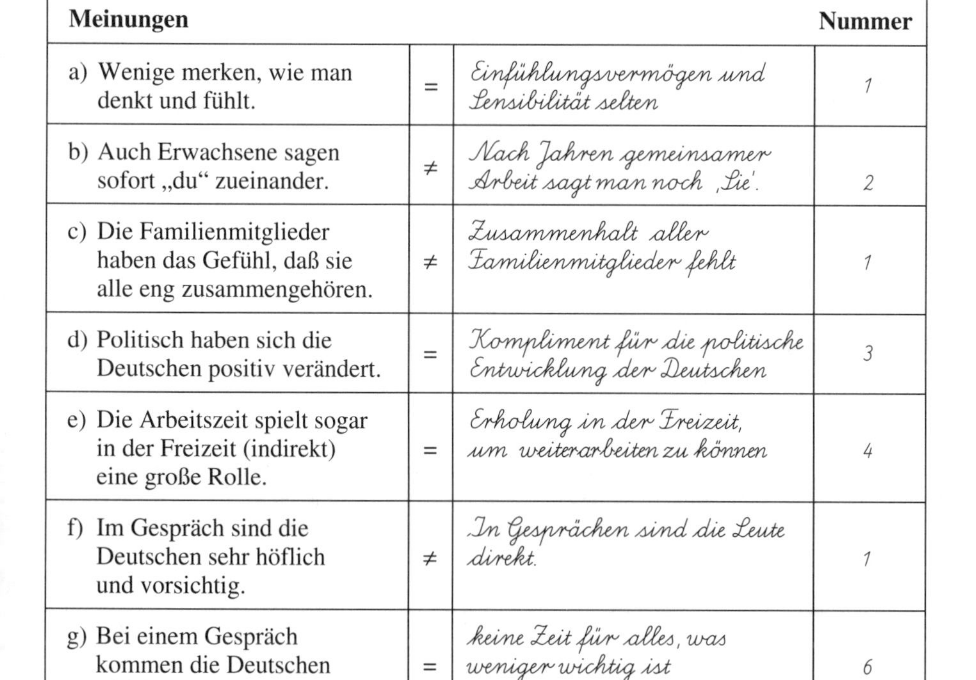

Meinungen			Nummer
a) Wenige merken, wie man denkt und fühlt.	=	Einfühlungsvermögen und Sensibilität selten	1
b) Auch Erwachsene sagen sofort „du" zueinander.	≠	Nach Jahren gemeinsamer Arbeit sagt man noch ‚Sie'.	2
c) Die Familienmitglieder haben das Gefühl, daß sie alle eng zusammengehören.	≠	Zusammenhalt aller Familienmitglieder fehlt	1
d) Politisch haben sich die Deutschen positiv verändert.	=	Kompliment für die politische Entwicklung der Deutschen	3
e) Die Arbeitszeit spielt sogar in der Freizeit (indirekt) eine große Rolle.	=	Erholung in der Freizeit, um weiterarbeiten zu können	4
f) Im Gespräch sind die Deutschen sehr höflich und vorsichtig.	≠	In Gesprächen sind die Leute direkt.	1
g) Bei einem Gespräch kommen die Deutschen gleich zum Thema	=	keine Zeit für alles, was weniger wichtig ist	6

 **G1: Was ist ein Deutscher?**

HV-Text auf Cassette
Das ist Herr Meiermüller. Er gehört dem deutschen Kulturraum an. Er spricht Deutsch wie die Österreicher, Schweizer, Liechtensteiner oder Bayern. Er hört Tschaikowsky, Verdi, Mozart, Beethoven, die Beatles und Elvis. Er liest Goethe, Agatha Christie und Luise Rinser. Er hat eine Vorliebe für deutsche Küche mit Gulasch, Sauerkraut, Pizza, Nußkuchen, italienischem Wein und Bier. Er fährt auch in Urlaub. Zum Skifahren nach Österreich, zum Schwimmen nach Dänemark oder Jugoslawien, wegen der Kultur nach Italien. Er arbeitet bei deutschen oder ausländischen Firmen wie VW, Siemens oder IBM. Er versteht kein Wort, wenn er aus München kommt und auf einer Nordseeinsel Urlaub macht. Als Norddeutscher versteht er besser Holländisch als Bayerisch. Er lernt in der Schule Deutsch und Englisch, später noch Latein, Französisch oder Russisch. Seine Freunde kommen aus vielen verschiedenen Ländern.
Was also ist ein Deutscher?
(Stark gekürzt und vereinfacht nach: Zündfunk zitiert: Feerk Huisken, Pädagogikprofessor an der Universität Bremen. *Was ist ein Deutscher?* Sendung des Bayerischen Rundfunks vom 17. 06. 1985.)

Lösungen:
a) Reihenfolge: Sprache – Musik – Bücher/Lesen – Küche/Essen – Urlaub – Arbeit – Dialekt – Schule
b) deutsch: Goethe, Sauerkraut, Beethoven, Siemens, Luise Rinser, Bier, VW, Nußkuchen
ausländisch: Elvis, Mozart, Verdi, italienischer Wein, Pizza, IBM, Gulasch, Tschaikowsky, die Beatles
Diskutieren: Ist es richtig, daß Mozart als Österreicher hier rechts unter „ausländisch“ steht? Kulturraum – Staat – Nation? Und wenn Mozart rechts steht, warum steht dann Beethoven, der lange in Wien gelebt hat, links?
c) vgl. Abdruck des Hörtexts

Z Falls die Diskussion in dieser Lektion insgesamt immer sehr schnell in Richtung „Vorurteile sind schlecht und zu vermeiden“ läuft, könnte es sich lohnen, die denkökonomische Funktion von Stereotypen und Vorurteilen in die Debatte zu werfen. 1922 schrieb der amerikanische Publizist Walter Lippmann:

LV Die Stereotypensysteme sind vielleicht Kern unserer persönlichen Überlegung und die Verteidigungswaffen unserer gesellschaftlichen Stellung. Sie sind ein geordnetes, mehr oder minder beständiges Weltbild, dem sich unsere Gewohnheiten, unsere Fähigkeiten, unser Trost und unsere Hoffnung angepaßt haben. Sie bieten vielleicht kein vollständiges Weltbild, aber sie sind das Bild einer möglichen Welt, auf das wir uns eingestellt haben ...
Ein Stereotypenmodell ist ... nicht nur eine Methode, der ... Unordnung der Wirklichkeit eine Ordnung unterzuschieben. Es ist nicht nur Kurzschluß. Es ist alles dies und mehr. Es ist die Garantie unserer Selbstachtung: es ist die Projektion unseres Wertebewußtseins, unserer eigenen Stellung und unserer Rechte auf die Welt. Die Stereotypen sind daher in hohem Grade mit Gefühlen belastet, die ihnen zugehören. Sie sind die Festung unserer Tradition.

Hinweise zum Arbeitsbuch

Zu Aufgabe 2: Ziel dieser Aufgabe ist es, für die manchmal nur kleinen sprachlichen **Unterschiede** zu sensibilisieren, die zwischen einer durchaus richtigen sachlichen Beobachtung und einem Vorurteil liegen.

Zum Beispiel:
- *Bei der Begrüßung geben sie sich* <u>*nicht*</u> *die Hand.* = (richtige) Beobachtung.
- *Bei der Begrüßung geben sie sich* <u>*nicht einmal*</u> *die Hand.* = negative Bewertung des beobachteten Sachverhalts.
- *Sie* <u>*sind*</u> *kalt und unfreundlich.* = negativ gemeinte Aussage, die in Form einer allgemeingültigen Aussage mit Wahrheitsanspruch daherkommt.
- *Sie* <u>*wirken*</u> *kalt und unfreundlich.* = vorsichtige Äußerung: mit dem Verb „wirken" signalisiert der Sprecher, daß das beobachtete Verhalten von ihm zwar so gedeutet wird, daß dahinter aber auch etwas anderes stecken könnte.

Zu Aufgabe 9: In Band 2 von SPRACHBRÜCKE ist eigentlich erst Lektion 9 „die Geschichtslektion". Da das Interesse an den Verhältnissen in Deutschland nach der Vereinigung erfahrungsgemäß jedoch recht groß ist und Lektion 9 nicht mit der ganzen Entwicklung „belastet" werden kann, werden historische Inhalte schon ab Lektion 1 in diversen Übungen angeboten. Auf diese Weise soll auch das Verständnis für aktuellere Fragen, die sich ja nicht bis Lektion 9 aufschieben lassen, gefördert werden.

Zu „Ossis" und „Wessis": In einer schnellebigen Zeit werden gern Abkürzungen für häufig verwendete Begriffe benutzt. Die „Wessis" und die „Ossis" (früher „Bundis" von Bundesrepublik und „Zonis" von Sowjetzone) gibt es seit dem Fall der Mauer, als Ostdeutsche und Westdeutsche allmählich immer mehr miteinander zu tun bekamen. In der Abkürzung drückt sich gleichzeitig Nähe und Vertrautheit, aber auch eine gewisse Geringschätzung und Herablassung für den jeweils anderen Teil der Nation aus. Bestes Indiz für letzteres sind die zahlreichen „Ossi/Wessi"-Witze, in denen der jeweils andere meist als tölpelhaft (Ossis) oder als kaltschnäuzig (Wessis) dargestellt wird.
Die meisten Ostdeutschen und Westdeutschen konnten das Land auf der jeweils anderen Seite der Mauer zum ersten Mal nach der Maueröffnung (9. 11. 1989) besuchen. (Umfragen vom Sommer 1993 zufolge hatten zu diesem Zeitpunkt $^2/_3$ der Ostdeutschen Westdeutschland, aber nur etwa $^1/_3$ der Westdeutschen Ostdeutschland besucht.)

Die nach den ersten Besuchen geäußerten Eindrücke stammen aus einer SPIEGEL-Umfrage aus dem Jahr 1990 (dokumentiert in SPIEGEL-Spezial 1/1991, S. 86/87). Sie dokumentieren die Beobachtungen und eventuell daraus entstandene (Vor-)Urteile, die Westdeutsche in der ehemaligen DDR und Ostdeutsche in der damaligen Bundesrepublik in einem ganz bestimmten historischen Augenblick machten.

Die Aufgabe hat folgende sprachliche und landeskundliche Lernziele:

1. Sprachliche Lernziele

- Die Lernenden sollen in Gruppen darüber diskutieren, wer was über wen/über welches Land gesagt hat.
- Dabei sollen sie aufgrund ihres vorhandenen Wissens über die damalige DDR und BRD Vermutungen über die Gründe für diese Äußerungen anstellen.

Beispiele:
- *Das griechische Essen war gut.* In welchem der beiden Länder gab es griechisches Essen, d. h. griechische Restaurants? (Antwort: In der BRD). Warum in dem einen und nicht in dem andern Land? Warum findet der Besucher das überhaupt bemerkenswert?
- *Frauen können ganz für die Familie da sein.* Was verbirgt sich hinter dieser Äußerung? Wahrscheinlich ein gesellschaftlicher Zustand, in dem „Frauen nicht ganz für die Familie da sein können"? Warum *können*? Vielleicht weil sie arbeiten gehen „müssen". Auf welches Gesellschaftssystem könnte das in diesem Fall passen? Ist Berufstätigkeit von Frauen aber nicht auch ein Zeichen von Emanzipation? Warum dann *müssen*? Was hält der Sprecher (oder die Sprecherin?) für

positiver? Warum? Versteckt sich hinter der Berufstätigkeit der Frauen (in der ehemaligen DDR) eine Sehnsucht nach „ganz für die Familie da sein können“? usw.

2. Landeskundliche Lernziele

Schon aus dem letzten Beispiel wurde deutlich, in wie hohem Maße die hier festgehaltenen Äußerungen landeskundlich relevant sind. Verweisen sie doch auf gesellschaftliche Zustände, die charakteristisch sind für die unterschiedliche „sozialistische“ und „kapitalistische“ Entwicklung in der ehemaligen DDR und der damaligen BRD. Und jede dieser Äußerungen ist nicht nur eine Aussage über die anderen und „das andere Land“, sondern verweist zugleich auf die bekannten Verhältnisse im „eigenen Land“. So gab es dort (in der DDR) zum Beispiel keine griechischen Restaurants oder man konnte dort (in der BRD) „bei Rot an der Ampel“ nicht nach rechts abbiegen. (In der DDR gab es für Rechtsabbieger an Ampeln den grünen Pfeil. Diese Verkehrsregel wurde nach der Vereinigung beibehalten und gilt seit 1993 in der ganzen Bundesrepublik.)

- Die Lernenden sollen diese landeskundlichen Inhalte in der Diskussion herausarbeiten.
- Sie sollen ihre eigenen Vorstellungen über den damaligen Zustand von DDR und BRD mit diesen Äußerungen konfrontieren.
- Die Lernenden sollen etwas erfahren über die Vorurteile, die Deutsche gegenüber Deutschen (Ossis gegenüber Wessis und umgekehrt) vor der Wiedervereinigung hatten und zum Teil noch haben.
- Die Lernenden sollen auch etwas über Ursachen späterer Probleme erfahren, z. B. war eine der Ursachen der hohen Arbeitslosigkeit in den fünf neuen Bundesländern nach der Vereinigung die „Überbesetzung“ vorhandener Arbeitsplätze in der ehemaligen DDR: Drei Leute nehmen einen Arbeitsplatz ein, also eine „verdeckte“ Arbeitslosigkeit. Diese „überflüssigen“ Stellen wurden nach der Vereinigung wegrationalisiert.

Folgender Aspekt ist bei dieser Aufgabe wichtig:

Bei der Bearbeitung der Aufgabe in der Gruppe kommt es nicht primär auf die richtige Lösung an, sondern auf den Lernprozeß: auf das Sprechen, Überlegen, Diskutieren, Vermuten, Denken, Nachdenken, Verstehen. Interessant wird es auch, wenn bei dieser Diskussion Bezüge zu aktuellen Entwicklungen hergestellt werden können.

Zu Aufgabe 18: Die Fortsetzung des Märchens soll an dieser Stelle weder erzählt noch vorgelesen werden, da das Märchen noch einmal (siehe AB Lektion 5, Übung 11) aufgegriffen wird. Der „Abschied vom Rumpelstilzchen“ findet dann in Lektion 10, Übung 19 statt. In den Lehrerhinweisen zu der Aufgabe in Lektion 10 sind Fortsetzung und Schluß des Märchens abgedruckt.

Lektion 2		LB
Thema	Der menschliche Körper Schönheitsideale Briefe Distanz und Nähe Gestik international	A B D1-D3 D6 E
Wortschatz	Adjektive: Beschreibung von Körperteilen Briefanfang, Briefschluß	A3 D3
Grammatik	Bedeutung von *lassen* Indefinitpronomen *man* Bedeutung von *scheinen* und *brauchen*	C1-C3 D4 D5
Phonetik	Intonation: Ausrufe	
Projekt	Schönheitswettbewerb	B4

Auftaktseite

Für das Vorgehen im Unterricht das Bild zuerst ohne Verweis auf seine Zeit verwenden: Was sieht man, wie wirkt es? Ist es schön?

Wortschatz: die Tänzerin, die Kugel, die Locken, die abgeknickte Hand, knien, der Clown.
Das Bild als Zitat kann evtl. in B2 Aufgabe 2 erneut herangezogen werden.

i Die Abbildung zeigt eine Szene aus dem Triadischen Ballett von Oskar Schlemmer (1888–1943). Schlemmer lehrte am Bauhaus; in seinen Bildern, Plastiken und im Tanz beschäftigt er sich mit dem Verhältnis des Menschen im und zum Raum. Das Bauhaus ist eine 1919 in Weimar gegründete (in Dessau fortgeführte) Schule für gestaltendes Handwerk, Architektur und bildende Kunst. Sie wurde 1933 aufgelöst. Neben Schlemmer gehören zu seinen Vertretern Ernst Gropius, Mies van der Rohe, Wassily Kandinsky und Lyonel Feininger.

A1 Der Körper und seine Teile

Zeichnung links benutzen, um neuen Wortschatz einzuführen. Prinzip der Zeichnung erklären (Bedeutung der verbindenden Texte) und dann evtl. ähnliche Zeichnung in der Ausgangssprache machen lassen. Ausgangs- und deutschsprachige Zeichnung miteinander vergleichen. Handelt es sich um direkte Entsprechungen oder muß man auf Unterschiede in der Versprachlichung der Körperteile hinweisen? Als Übergang zu den Redewendungen evtl. überlegen, welche Körperteile in der eigenen Sprache besonders häufig in Sprichwörtern genannt werden.
Zu den Sprichwörtern übergehen. Zuerst überprüfen, ob es in der eigenen Sprache Sprichwörter mit derselben Körperteil-Kombination (*kleiner Finger – ganze Hand/Rücken-Nase*) oder denselben Tätigkeiten (*Zahn ziehen/übers Knie brechen/auf der Stirn geschrieben stehen*) gibt. Danach in Aufgabe b) Umschreibungen und Redewendungen einander zuordnen lassen. Redewendungen in der Ausgangssprache suchen, die den deutschen Redewendungen entsprechen. Je nach Interesse der KT dabei evtl. für die Redewendungen in der Ausgangssprache, die im Laufe der Diskussion erwähnt worden sind, deutsche Entsprechungen finden und ein kleines gruppeneigenes kontrastives Redewendungen-Blatt erstellen.
Cartoon und Sprechblase: es handelt sich um einen bekannten Kinderreim. Gezeichnete Gesichter dieser Art werden auf „neudeutsch“ meistens *Smilie* genannt (englisch *to smile = lächeln*); es gibt sie in fröhlicher, neutraler und trauriger Variante. (vgl. LB S. 151). Sie eignen sich gut als Indikatoren für Stimmungslagen, die sich leicht und schnell zeichnen lassen.

Paul Maar, 1937 in Schweinfurt geboren, studierte Kunstgeschichte und Malerei, arbeitete als Bühnenbildner; seit 1968 Autor und Übersetzer von Kinderbüchern. **i**

Lösungen:
a) in der Zeichnung links: Haar, Kopf, Hals, Arm, Brust, Bauch, Bein, Zehe, Fuß
In den Redewendungen: Finger, Hand, Rücken, Nase, Knie, Stirn, Zahn
In der Zeichnung unten: Gesicht, Zahn
b) ungeschickt sein = 2; er will alles haben = 1; dumme Idee aufgeben = 5; nicht zu schnell entscheiden = 3; im Gesicht lesen = 4

A2 Unvollständig?

Bild 1 zeigt die Skulptur *Denkpartner* von Hans Joerg Limbach aus dem Jahre 1980. Sie steht in der Fußgängerzone in Stuttgart.
Denken und die Freiheit der Hände gehören wesentlich zum Menschen. Sie stützen hier den Kopf, der sonst keinen Halt benötigt. Körper, Herz und Beine scheinen zum Denken nicht erforderlich oder üblicherweise gebraucht zu werden. **i**

Auf Bild 1 erkennt man: den Kopf mit seinen Sinnesorganen, die Hände (mit den einzelnen Knochen und Sehnen) und die (Unter)arme bis zu den Ellbogen; fünfter Sinn (Tastsinn): fühlen, Gefühl.

Bild 2 trägt den Titel *Maskierte Figur auf Gelb* (Horst Antes). Der Körper aus Extremitäten und überdimensioniertem Kopf abstrahiert das Thema Mensch: Augen, mit allen Stellungsmöglichkeiten und Blickrichtungen, eine breite, eng ans Gehirn angebundene Nase an dem überdimensionierten Kopf. Auch Hände zum Greifen und Beine und Füße zum Laufen hat diese zweidimensionale Figur. **i**

Auf Bild 2 fehlen:
der Bauch (mit dem Herzen), die Schultern; das rechte Bein ist von der Maske verdeckt, ebenso der Teil, der den hinteren Kopfteil mit dem Gesicht verbindet. Fuß- und Kopfhaltung sind wie in einem ägyptischen Relief zweidimensional wiedergegeben.

A3 Spiegelkabinett

Bei geöffnetem Buch (besser: Zeichnung auf Folie kopieren und ohne Buch) hören (die KT sollen während des Hörens die Zerrbildzeichnung ansehen). Vorlesen lassen und Aufgaben 1 und 2 zügig durchgehen. Möglichst kontrastiv die unterschiedlichen Zuordnungen von Adjektiven und Körperteilen herausarbeiten.

Lösungen:
Aufgabe 2: Positiv: Wunderbar! Elegant! Ich liebe ...; Finde ich sportlich ... Die würde ich gern haben ..., (Auf die Ironie bei *Wunderbar* ... verweisen). – Negativ: entsetzlich; igitt; wie häßlich; furchtbar.

A4 Spiegelbilder

Falls A3 bei den KT nur begrenzte Begeisterung ausgelöst hat, A4 nicht dialogisch in der Gruppe machen, sondern als schriftliche Hausarbeit zur Verfestigung der Adjektivdeklination verwenden.

B-Teil

Die Relativität des Schönheitsbegriffs und der mögliche Konfliktstoff, der in unterschiedlichen Schönheitsvorstellungen liegt, ließe sich natürlich besser als durch die Texte des B-Teils durch Texte und Bilder transportieren, die verschiedene Kulturen innerhalb der Gruppe der KT gegenüberstellen und/oder verschiedene Zeitepochen und deren Schönheitsvorstellungen einer Kultur der KT darstellen. Falls Sie also ein bißchen Zeit haben und geeignetes Material finden können, wäre es gut, wenn Sie B1 und/oder B2 durch für die KT relevantere Inhalte ersetzen. Es wäre gut, wenn Sie dabei die Arbeitsformen (Lese- und Hörverständnis) beibehalten. Auf der Basis einer derartigen KT-bezogenen Ersetzung können dann B3 und B4 ersetzt werden durch einen Versuch, ein gruppeneigenes Konzept von „Schönheit" durch eine Collage (Texte, Bilder, evtl. Musik) zu entwickeln und dieses dann als Basis für ein kulturkontrastives Herangehen an die deutsche/westeuropäische Schönheitskonzeption von B1 und B2 zu benutzen.

B1 Schönheit, was ist das?

Lösungen:
1. a = E; b = A; c = C; d = F; e = D; f = B

2./3.

Epoche	Beispiel für Schönheitsideal	Aussehen
Steinzeit	Venus v. Willendorf	große Brüste, breite Hüften
Gotik	Madonna	Körper + Gesicht schmal, große Augen, lange Nase
Renaissance	Botticellis Venus	runde Hüften, kleine Brüste
Heutzutage	Filmstars, Modelle	elegant oder sportlich

4. von links nach rechts: D-E-B-C

B2 Wer ist wer? Wer ist schön?

Fassbinder/4; Rembrandt/2; Marx/3; Dürer/1

HV-Text auf der Cassette:

Text 1 (Dürer)
Der Herr ist noch nicht alt, aber wohl auch nicht mehr ganz jung. Er trägt einen Bart. Auffallend ist sein Blick: Er sieht uns direkt in die Augen. Doch noch mehr fällt sein langes, gewelltes Haar auf, das bis auf die Schultern hängt.

Text 2 (Rembrandt)
Auch dieser Herr hat einen Bart. Sein Haar ist dick und lockig. Es ist nicht kurz, aber nicht so lang wie bei dem ersten Herrn. Sein rechtes Ohr kann man noch erkennen. Der Körper ist leicht zur Seite gedreht, doch der Kopf richtet sich nach vorn. Er blickt geradeaus. Sein Alter ist schwer zu bestimmen, aber sehr alt ist er noch nicht.

Text 3 (Marx)
Dieser Herr ist nicht mehr jung. Auch er trägt einen Bart, einen großen Vollbart, der bis über die Lippen reicht. Sein Haar ist grau, fast weiß und läßt viel Platz für eine hohe Stirn, seine Augen sind klein. Sie sehen uns an. Der Herr trägt ein Augenglas um den Hals.

Text 4 (Fassbinder)
Dieser Herr ist wieder jünger. Auch er ist Bartträger. Er trägt seinen Bart aber nicht als Vollbart, sondern mehr nach Art der Chinesen. Sein Haar ist dunkel und relativ kurz. Deshalb kann man sein rechtes Ohr sehen. Seine Hand zeigt auf etwas, das er auch ansieht.

i Dürer, Albrecht; 1471–1502; Nürnberg; Graphiker, Maler: Holzschnitte, Kupferstiche.

Rembrandt (= Rembrandt Harmens von Rijn); 1601–1669; Leiden, Amsterdam; Maler: Radierungen, Gemälde.

Marx, Karl, 1818–1853; Trier, Bonn, Berlin, Paris, Brüssel, London; Philosoph und Nationalökonom; enge Zusammenarbeit mit Friedrich Engels: Das kommunistische Manifest; Das Kapital.

Fassbinder, Rainer Werner; 1946–1982; München; Filmemacher, prominenter Vertreter des Neuen Deutschen Films, der dem deutschen Film in den 70er Jahren wieder zu internationaler Bedeutung verhalf.

B3 und vor allem B4 können unter sprachlichen Gesichtspunkten übersprungen werden, wenn der Inhalt von den KT als zu albern oder als zu sehr zur Privatsphäre gehörend empfunden wird (dann bei Gelegenheit an anderer Stelle *für mich ist* und *x gilt als* verwenden lassen). Bei inhaltlichem Interesse zu einer größeren Klassenaktivität ausweiten.

C1 Struwwelpeter

i

Struwwelpeter. Titelfigur eines der ersten deutschen Bilderbücher von Heinrich Hoffmann, 1845 erschienen, das an drastischen Beispielen (Suppenkaspar, Zappelphilipp) die Folgen kindlichen Ungehorsams zeigt.

Wortschatzhinweis: *garstig* klingt heute altmodisch, *ein Jeder* würde heute *ein jeder* geschrieben.
Evtl. diskutieren: Gibt es ähnliche Erziehungsbücher in den Kulturen der KT?

C2 Bedeutungen von „lassen"

Alle Beispielsätze aus den Kästen in die Ausgangssprache der KT übersetzen lassen und vergleichen. Gibt es etwas, was *lassen* ähnlich ist? Enthalten die Übersetzungen ganz unterschiedliche Strukturen?
Alle Übungen als Drill-Übungen verstehen und möglichst mit Tempo durcharbeiten.

Lösungen:
① a) Ich lasse mir gern etwas vorschlagen. Ich lasse mir gern etwas Interessantes erzählen. Ich lasse mir gern etwas schenken. Ich lasse mir gern helfen.
b) Lassen Sie mich mal Ihre Fotos sehen. Lassen Sie mich mal Ihren Brief lesen. Lassen Sie mich mal Ihren Kuchen probieren. Lassen Sie mich mal Ihren Kaffee bezahlen. Lassen Sie mich mal Ihren Koffer tragen.
② Ich lasse mich nicht fotografieren. Ich lasse mich nicht zeichnen. Ich lasse mich nicht küssen. Ich lasse mir (!) nicht die Haare kämmen.
③ Ich lasse ihn anrufen. Ich lasse ihn kämmen. Ich lasse ihn malen. Ich lasse ihm das Essen bringen. Ich lasse ihm Geld geben.

C3 „Lassen" im übertragenden Sinn

Zuerst ganz einfach die Konstellation auf den drei Bildern beschreiben lassen (Wer ist links/rechts? Wer steht/sitzt/liegt?). Dann über die Gesichtsausdrücke/Körpersprache der beiden Personen reden. Danach die Sprechblase lesen und Bilder und Sätze zuordnen. Aufgrund der Zuordnungen über die übertragene Bedeutung spekulieren und mit dem Glossar/Wörterbuch vergleichen.

W

D1 und D2

Brief lesen, in Stichwörtern das, was Alli aufgefallen ist, zusammentragen und Allis Brief rekonstruieren. Je nach Interesse der KT Inhalte ausführlich diskutieren, evtl. auch in der Ausgangssprache. Falls in der Diskussion der Begriff *Lebensraum* für *Raum zum Leben* fallen sollte: *Lebensraum* wird im Deutschen mit der Sprache der Nationalsozialisten im Dritten Reich verbunden: *Lebensraum im Osten* (= Osteuropa). Die KT sollen auf diese Konnotation hingewiesen werden.

D1 Göttingen – eine andere Welt?

i Göttingen ist eine Stadt in Niedersachsen mit ca. 140 000 Einwohnern. Bekannt ist die 1737 gegründete Georg-August-Universität.

Zu den Bildern: Alle Bilder dokumentieren gewisse Eingrenzungstendenzen der Deutschen, wie das im Brief geschildert wird (Zäune, geschlossene Türen etc.). Die beiden Landschaftsbilder haben allerdings nichts mit der Stadt Göttingen zu tun: Es sind Küstenlandschaften; Göttingen liegt im Landesinnern, südlich von Hannover.

i Oben links: norddeutscher Bauernhof an der Küste – oben rechts: Teil eines Wohn-Hochhauses mit „geschlossenen" Balkonen; symbolisiert Anonymität (solche Häuser bezeichnet man oft auch negativ als *Wohnburgen, Mietskasernen*) – unten links: Zaun mit Verbotsschild; in Deutschland finden sich solche umzäunten Flächen sehr häufig – unten Mitte: Strandbild an der deutschen Küste. Normalerweise sind die abgebildeten *Strandkörbe* an Badestränden aufgestellt; sie werden an Urlaubsgäste vermietet. Typisch sind die *Sandburgen* um die Körbe herum: Man baut sich durch Mauern aus Sand sein eigenes kleines Strandgrundstück. – unten rechts: Gang in einem Bürohaus oder einer Behörde. Typisch sind die geschlossenen Türen.

D3 Briefanfang

Die KT sollen die wichtigsten Möglichkeiten, in ihrer Sprache Briefe zu beginnen und zu beenden, zusammenstellen und überlegen, wer unter welchen Umständen an wen wie schreibt. Danach soll der Versuch gemacht werden, funktionale Entsprechungen von deutschen und eigenen Anredeformen zu finden.

i Zum Deutschen: Im Schriftverkehr mit Personen, die man duzt, ist *Sehr geehrte(r)* nicht möglich. Die Norm ist hier *Liebe(r)*; manchmal, vor allem auch unter Jugendlichen, sogar *Hallo*. Auf der Ebene des Siezens sind sowohl *Sehr geehrte(r)* als auch *Liebe(r)* möglich; die Norm ist *Sehr geehrte(r)*. Auf *Lieber* umzuschalten ist möglich in eher informellen gleichberechtigten Arbeitsverhältnissen, häufig, nachdem man einige Male direkt miteinander zusammengearbeitet hat. *Liebe(r) + Sie* ist eine völlig akzeptable Kombination.
Falls man an eine Institution schreibt und keinen benennbaren Ansprechpartner hat, lautet die Anrede *Sehr geehrte Damen und Herren* und nicht lediglich *Sehr geehrte Herren*, wie das in den 50er und frühen 60er Jahren noch der Fall war. *Sehr geehrte Damen und Herren* ist die gesellschaftliche Norm (und nicht eine feministische Neuerung). Am Briefende hat sich *Mit freundlichen Grüßen* als neutraler Standard durchgesetzt. *Hochachtungsvoll* wirkt sehr distanziert und formell und wird immer seltener verwendet. Wenn man an Freunde/Bekannte schreibt, hat man viele Möglichkeiten für den Briefschluß, z. B. *Bis bald, Dein(e); Schöne Grüße; Alles Gute/Liebe; Mach's gut; Tschüs etc.*

D4 man

Lösungen:
man; einen; einem; man; einen; einem; man; einen; man

D5 Bedeutungen von „scheinen" und „brauchen"

Lösungen:
a) scheinen; scheinen; brauche; scheint; scheinen; brauchen; brauchen; braucht.
b) Du brauchst keine Angst zu haben. – Er lernt so schnell. Er braucht nie eine Übung zu wiederholen. – Ihr braucht nur anzurufen. Dann kommen wir.

D6 Distanz – Nähe

Zur Graphik: Diskutieren, wie eine entsprechende Graphik für die Kultur der KT aussehen würde. Mit der Graphik im Buch vergleichen und bei den Unterschieden diskutieren, welche Konsequenzen ein Aufeinandertreffen der unterschiedlichen Distanzvorstellungen haben könnte. Durch Verletzung der persönlichen Distanz kann ein Gesprächspartner den anderen durch den Raum treiben, weil dieser, um seine persönliche Distanz zu wahren, immer wieder einen Schritt zurücktreten wird (sprachlich repräsentiert durch *jemand(em) zu nahe treten*).

Beispiele sammeln, wo Distanzkonflikte auftreten können. In der Ausgangssprache der KT Metaphern/Redewendungen sammeln, die Distanzvorstellungen aufnehmen. Die gesammelten Beispiele über Distanzvorstellungen in der eigenen Kultur als Basis für Aufgabe 2 nehmen.

Phonetik

Das Lernziel auf einen Blick:

♪ Intonation:	Die Satzakzentsilben von Ausrufen werden meist „hochtonig" herausgehoben.

♪ Intonation: Ausrufe

Ausrufe bestehen oft nur aus einzelnen Wörtern, die aber einen Gedanken ausdrücken, also anstelle eines Satzes stehen. Daher müssen sie – wie jeder Satz – einen deutlichen Satzakzent tragen. Ein Ausruf drückt z.B. Überraschung, Staunen, Ablehnung, Abscheu o.ä. aus, d.h. Emotionen spielen eine Rolle.

a) In der Regel setzt die Stimme hochtonig ein und fällt nach der akzentuierten Silbe ab. Der dabei oft fehlende steigende Tonbruch aus der mittleren Stimmlage *vor* der ersten Akzentsilbe (vgl. /Guck\ mal ...) wird meist unterdrückt, kann aber auch mitgesprochen werden: Die Stimme steigt dann innerhalb der Silbe. Als Beispiel hierfür findet sich im Buch der letzte Ausruf:
/Sieh mal einer \an!
Versuchen Sie bitte nicht, Ihren KT dies zu erklären. Viel wirkungsvoller ist hier ein wiederholtes, auch übertreibendes Ausrufen dieser Sätze. So prägen sich die Intonationsmuster, zusammen mit der Wendung, über das Ohr durch „Einschleifen" leicht ein.

b) Lösungsmöglichkeiten:

/Wun\derbar! Ele/gant\! Furcht\bar! (/Furcht\bar!) /Sieh mal einer \an!

Er/staun\lich, was einem so alles auffallen kann! (Weniger als Ausruf, sondern mehr konstatierend: Er/staunlich, was einem so alles \auffallen kann!)

Was /dich\ alles beeindruckt und befremdet hat! (Was /dich alles beeindruckt und be\fremdet hat!)

c) /O\ wie schön! (O\ wie schön! /O wie \schön! Seltener: O wie /schön\!)

/Schreck\lich! (Schreck\lich!)

/Wirk\lich hübsch! (Wirk\lich hübsch! /Wirklich \hübsch! – Wirklich /hübsch\

Na/tür\lich!

Na/klar\!

/Gott\ sei Dank! (/Gott sei \Dank! – Gott sei /Dank\!)

/Ach\tung!

E1 Andere Länder – andere Gesten
E2 Gesten für Gäste

Über die Bedeutung der Gesten für Deutsche diskutieren, überprüfen, ob sie andere Bedeutungen (oder keine) in der Kultur der KT haben. Gesten der eigenen Kultur versprachlichen und für Deutsche verständlich machen. Bei Interesse: spekulieren, warum eine bestimmte Geste gerade diese Bedeutung in der bestimmten Sprache/Kultur hat und das Thema in Richtung Körpersprache – bewußte/unbewußte Kommunikation erweitern.

Literaturhinweis: Desmond Morris: *Der Mensch mit dem wir leben.* München: Droemer Knaur 1978. Dieses Buch enthält viele Beispiele für Gesten/Körpersprache.

Hinweise zum Arbeitsbuch

Zu Aufgabe 7, 2: Man kann sicher sagen, daß auch in Deutschland wie in vielen anderen Ländern die Frauen bei der Verwendung bestimmter ausdrucksstarker Gesten zurückhaltender sind als Männer.
Geste 1: reine Männergeste; Geste 2: Gegenüber Erwachsenen wäre diese Geste auf jeden Fall eine schwere Beleidigung; manchmal spielerisch verwendet gegenüber kleinen Kindern oder von kleinen Kindern; Geste 3: Diese Geste ist auf jeden Fall beleidigend und sollte vermieden werden; bei Frauen sicher eine seltene Ausnahme. Geste 4 und 5: Diese Gesten sind nicht geschlechtsspezifisch markiert. Geste 6: eher männlich!

Zu Aufgabe 17, 3: Die Abbildung ist ein bekanntes Beispiel für unterschiedliche Wahrnehmung: So kann man hier je nach individueller Sehweise (vielleicht aufgrund seelischer Gestimmtheit?) in diesem Bild eine alte Frau mit mächtiger Nase und einem spitzen Kinn, das sie in ihrem Pelz versteckt, oder eine junge elegante Frau mit einem reizenden, kleinen Näschen und einem schlankem Hals mit Halsband (der zusammengekniffene, schmallippige Mund der alten Frau) erkennen.
Das Gespräch über die unterschiedliche Wahrnehmung führt zum aktiven Gebrauch der Bezeichnung von Körperteilen (hier Gesicht).

Zu Aufgabe 18: Beim Lesen längerer fremdsprachiger Texte geben viele KT spätestens beim dritten oder vierten unbekannten Wort entmutigt auf. Im Fremdsprachenunterricht muß man zunächst einmal lernen, über unbekannte Wörter hinwegzulesen und den Sinn eines Textes global zu erfassen.
Der nächste Schritt ist es dann zu lernen, unbekannte Wörter aus dem Kontext des Textes selbst zu erschließen. Aufgabe 18 zeigt, wie man dabei vorgehen kann (2. und 3.). In 4. wird gezeigt, daß es häufig auch genügt, die generelle Bedeutung eines Wortes aus dem Kontext zu erschließen.
Es empfiehlt sich, immer wieder ähnliche Erschließungsaufgaben durchzuführen.
(Siehe dazu auch: Peter Bimmel: „Wegweiser im Dschungel der Texte". In: *Fremdsprache Deutsch*, Heft 2/1990: „Arbeit mit Texten".)

Zu Aufgabe 21: Wenn Interesse an diesem Lesetext besteht, sollte mit Hilfe des Bildes und der Überschrift vor dem Lesen erst einmal über den Inhalt des Textes spekuliert werden: Erwartungshorizont aufbauen, Vorwissen aktivieren, eigene Erfahrungen ansprechen (?), über das Schönheitsideal im eigenen Land sprechen usw. (Siehe auch „Schaltplan zum Knacken deutscher Texte" im Arbeitsbuch S. 117).

Lektion 3		LB
Thema	Zukunftsperspektiven Import und Export von Umweltproblemen Umweltschutz Bücher als kulturelle Brücke	A1-A4 C2 C5, E C1, D
Wortschatz	Zeitangaben	B2
Grammatik	Bedeutung von *werden* Futur Ausdruck von Zukunft: Temporalangabe + Präsens/Perfekt Zustandspassiv Attribute: Partizip I	A7, A8 A5-A7, B6 B1, B3 B4, B5 C3, C4
Phonetik	Laute: Reduzierung bei schnellem Sprechen	
Projekt	Informationen sammeln zum Umweltschutz	C5

Auftaktseite

Über die sieben Bilder spekulieren (Was haben sie gemeinsam, worum geht es in der Lektion?) oder bei Bedarf im Laufe der Lektion auf sie zurückkommen.

W

Oben links: Eine Hand hält ein Pendel (das Pendel, etwas auspendeln). – Oben Mitte: Sonnenuhr – Oben rechts: Fachgeschäft für astrologische Beratung und astrologische Hilfsmittel (wahrsagen, Wahrsager/in, Horoskope, Kalender, Tarotkarten etc.) – Mitte: Eine Wahrsagerin liest aus einer Kristallkugel die Zukunft. – Unten links: Computer-Chip – Unten Mitte: Stau auf einer deutschen Autobahn zur Urlaubszeit – Unten rechts: Molekülmodell

A1 Zukunftsfragen

Je nach Hörverständnisfähigkeit der KT den ganzen Text als Hörtext vorspielen und Grobverständnis abfragen oder in kleinere Teile (GK/PM + MV + PM) unterteilen. Engagierte Stellungnahmen der KT zum Inhalt möglichst auf A3 „vertrösten", um die Arbeit an Wortschatz und Textverständnis nicht zu kurz kommen zu lassen.

A2 Aufgaben

Lösungen:
1a) Fischsterben im Rhein durch giftige Abwässer – 1b) radioaktive Verseuchung der Umwelt nach Reaktorunglück – 1c) Arbeitslosigkeit durch Rationalisierung und Verwendung neuer Technologien – 1d) neue Krankheiten durch Umweltverschmutzung – 1e) die Risiken und Gefahren der Technik – 1f) die einzige Chance für die Entwicklung eines Landes der Dritten Welt.

K

2. was?	warum? wozu? wodurch?
Fischsterben im Rhein	*durch giftige Abwässer*
Arbeitslosigkeit	*durch Rationalisierung und Verwendung neuer Technologien*
Verseuchung der Umwelt	Reaktorunglück
neue Krankheiten	*Umweltverschmutzung*
Waldsterben	saurer Regen
Umweltbelastungen in Kauf nehmen	*Entwicklung eines Landes der Dritten Welt*
neue Wege durch Verbindung von Tradition und Fortschritt	*Fehler der Industrieländer nicht wiederholen*
nicht alles nutzen, was technisch machbar ist	*ökologische Vernunft*

3. Schriftlich oder mündlich. Vorher zusammentragen, welche Wörter und Strukturen bei der Zusammenfassung eines Beitrags wahrscheinlich nützlich sein werden.

A3 Diskussion: Zukunft in Ihrem Land

Zumindest am Anfang so eng an der Beurteilung des Textes von A1 bleiben, wie das möglich ist, dabei das inhaltliche Interesse der KT berücksichtigen. Textanalytisch an den Text herangehen (Textstruktur, Funktion von Beispielen und Fragen etc.). Wenn die textanalytische Herangehensweise den KT unbekannt ist, die Herangehensweise der KT mit der textanalytischen Methode vergleichen und diskutieren. Bei großem inhaltlichen Interesse entweder Diskussion laufen lassen (Problem: das kann die kleinen Arbeitsschritte im Verlauf der Lektion inhaltlich langweilig machen) oder darauf hinweisen, daß man diese Diskussion vielleicht erst etwas später (nach B oder nach C) mit mehr Wortschatz und Grammatik besser auf deutsch führen kann und A3 verschieben.
Falls während der Behandlung des Deutschlandbildes der KT in Lektion 1 die Deutschen als pessimistisch, gründlich, (zu) umweltbewußt etc. gesehen wurden, könnte man hier an diese Diskussion anknüpfen (und Wortschatz wiederholen) mit der Frage, ob die Position von Gerda Klinger eine „typisch deutsche" ist, ob sie von anderen Deutschen Meinungen zum Thema Zukunft gehört und/oder gelesen haben usw.

A4 Wie wird die Welt in 100 Jahren aussehen?

Lösungen:
b) Pessimist: 2, 3, 8, 1 und 5; Optimist: 4, 6, 7, 1 und 5.
1 und 5 sind Aussagen, die je nach Erfahrungshintergrund und Weltbild des Interpreten als etwas Positives oder Negatives angesehen werden können. Da die Zeichnung auf jeder Seite vier Kreise vorgibt, kann es in der Gruppe zu kontroversen Diskussionen kommen. Diese sollten zum Anlaß für eine Auseinandersetzung mit der Kulturspezifik oder Relativität solcher Wertungen genommen werden.

c) Zwei mögliche Texte:

Pessimist
falls 1 zugeordnet wurde: In 100 Jahren wird die chemische Vergiftung von Luft, Wasser und Boden zu einer Naturkatastrophe führen. Dann werden viele Pflanzen und Tiere aussterben, und nur ein geringer Prozentsatz der Menschheit wird diese Katastrophe überleben. Deshalb wird sich die ganze Industrie auf dem Mond befinden, wo ferngesteuerte Roboter die Arbeit tun.
falls 5 zugeordnet wurde: Die Menschheit wird sich zunächst verdoppeln. Dann wird die chemische Vergiftung von Luft, Wasser und Boden zu einer Naturkatastrophe führen. Dadurch werden viele Pflanzen und Tiere aussterben, und nur ein geringer Prozentsatz der Menschheit wird diese Katastrophe überleben.

Optimist
falls 1 zugeordnet wurde: In 100 Jahren werden sich alle verstehen, und das Wort Krieg wird es wohl auf unserem Planeten nicht mehr geben. Dann werden die Menschen in Harmonie und Freiheit leben. Die ganze Industrie wird sich auf dem Mond befinden, wo ferngesteuerte Roboter die Arbeit tun. Deshalb wird es auf der Erde keinen Streß und keine Umweltverschmutzung mehr geben.
falls 5 zugeordnet wurde: Die Menschheit wird sich zunächst verdoppeln, aber alle werden sich verstehen, und das Wort Krieg wird es wohl auf unserem Planeten nicht mehr geben. Dann werden die Menschen in Harmonie und Freiheit leben. Dadurch wird es auf der Erde keinen Streß und keine Umweltverschmutzung mehr geben.

A5 Zukunft

bei Nachfragen der KT (andere Bedeutung von *werden*?) sofort zusammen mit A7 behandeln.

A6 Übung

Lösungen:
1. unterstrichen werden: wird befinden – werden aussterben – wird überleben – wird geben – wird sich verdoppeln – werden leben – werden verstehen – wird geben – wird führen
2. Verschiedene Kombinationen sind möglich: Die Menschheit: wird sich verdoppeln/aussterben/sich auf dem Mond befinden/überleben/sich verstehen/in Harmonie leben. – Pflanzen: werden aussterben/sich verdoppeln/sich auf dem Mond befinden. – Chemische Vergiftung: wird zu einer Katastrophe führen/sich verdoppeln. – Wenige Menschen: werden sich verstehen/sich auf dem Mond befinden/überleben/in Harmonie leben. – Die ganze Industrie: wird sich auf dem Mond befinden. – Auf unserem Planeten: wird es keinen Streß geben.

A7 werden – werden – werden

⇐ In SB1, L13 wurden bereits eingeführt: das Passiv (B3, B6) und die Gegenüberstellung von *werden* + Partizip II = Passiv *werden* + Adjektiv- oder Nominalergänzung. Daran anknüpfen.

A8 Wahrsagerei

Lösungen:
1. *werden* + Partizip II = Passiv; 2. *werden* + Ergänzung = Verb + Ergänzung; 3. *werden* + Partizip II = Passiv; 4. *werden* + Partizip II = Passiv; 5. *werden* + Partizip II = Passiv; 6. *werden* + Ergänzung = Verb + Ergänzung; 7a) (*klar werden*) *werden* + Ergänzung = Verb + Ergänzung; 7b) (*passieren wird*) *werden* + Infinitiv = Futur: Zukunft; 8. *werden* + Infinitiv = Futur: Vermutung; 9a) (*freuen*): *werden* + Infinitiv = Futur: Zukunft; 9b) (*angekündigt*): *werden* + Partizip II = Passiv; 10. *werden* + Infinitiv = Futur: Vermutung; 11. *werden* + Ergänzung = Verb + Ergänzung

B1 Zukunftsaussichten: Heile Welt

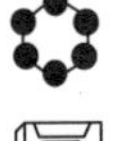

Mit konkreten Beispielen aus dem Erfahrungsbereich der KT (in ihrer Sprache) herausarbeiten, was ein skeptischer und was ein ironischer Kommentar ist. Ausdrücke sammeln, aber auch auf Gesichtsausdruck, Intonation usw. eingehen. Danach die Texte in den Sprechblasen hören und lesen. Wirken sie auf die KT wie skeptische, ironische und positive Kommentare? Evtl. zusammen überlegen: kann man die Kommentare, die man für die eigene Sprache gesammelt hat, ins Deutsche übersetzen? Sind es dann auch auf deutsch ironische, skeptische, positive Kommentare? Danach Text hören, lesen, Aussagen verstehen, Aussagen kommentieren.

i Der Ausdruck *heile Welt* ist meist ironisch gemeint: eine Welt, in der es keine Probleme gibt. Dadurch ist sie aber auch langweilig; die Bewohner der (utopischen) *heilen Welt* sind selbstgefällig, kritiklos; es ist also eher eine Welt, die die Probleme verdrängt und nicht wahrhaben will.

B2 ungefähr

Lösungen:
Die rechte Spalte lautet vollständig: schon bald – in naher Zukunft – in etwa 40 Jahren – im neuen Jahrtausend – ab ungefähr 2030 – um 2050 – gegen 2060 – bevor das 21. Jahrhundert zu Ende geht.

B3 Zukunft anders ausgedrückt

Lösungen:
1. In 30 Jahren haben wir Roboter.
2. Geschäftsreisen sind ab 2030 unnötig.
3. Um 2050 ist die Umwelt gesund.
4. Die Ernährung ist gegen 2060 gesichert.
5. In 100 Jahren leben wir im Paradies.

In allen Sätzen sind beide Stellungsvarianten (Subjekt oder Temporalangabe in Position I) möglich: *Wir* haben in *30 Jahren* Roboter. *Ab 2030* sind *Geschäftsreisen* unnötig. etc.

Z Wenn in der Muttersprache der KT das Futur obligatorisch ist, zusätzliche Übungen zu „Temporalangabe + Präsens" einschieben. Z. B. die Sätze aus A4 und A6 im Präsens mit Temporalangaben (*in 100 Jahren, hundert Jahre später, am Ende des nächsten Jahrhunderts, im Jahr 2100* etc.) bilden lassen.

Lösungen zur Aufgabe unter **Temporalangabe + Perfekt**
verschwinden (dann = in etwa 40 Jahren); gelingen (gegen 2060); werden (= noch bevor das 21. Jahrhundert zu Ende geht)

B4 Was ist passiert? Was wird gemacht? Was ist gemacht?

Wenn, wie im Englischen mit *to be*, das Passiv in der Ausgangssprache der KT mit dem Äquivalent zu *sein* gebildet wird, vor einem Übermaß an Zustandspassiv warnen. Die KT sollten lernen, daß das normale Passiv mit *werden* gebildet wird und daß sie nur dann das Zustandspassiv verwenden dürfen, wenn die Information „Vorgang abgeschlossen/Zustand soll beschrieben werden" tatsächlich ausgedrückt werden soll.

⇐ Zur Wiederholung kann darauf hingewiesen werden, daß es zu den Charakteristika eines Passivsatzes gehört, daß man den „Urheber der Aktion" nicht nennen muß/meistens nicht nennt. Sätze der Art *Die Probleme werden gelöst* haben eine höhere Frequenz als *Die Probleme werden von uns gelöst* (Vgl. SB1, L13, B3 und B6). Diese Tendenz beim Vorgangspassiv ist beim Zustandspassiv die Norm. *Die Probleme sind von uns gelöst* ist in den meisten Kontexten kein angemessener Satz des Deutschen (im Gegensatz zu *Die Probleme sind von uns gelöst worden* – Vorgangspassiv, Perfekt).

Lösungen:
3. Wir erledigen die Arbeit; Passivsatz. – 4. Wir lösen die Verkehrsprobleme; Passivsatz. – 5. Die Geschäftsreisen werden unnötig; Perfektsatz. – 6. Die Agrarreform gelingt; Perfektsatz. – 7. Wir pflanzen den Apfelbaum; Passivsatz. – 8. Ein Traum wird Wirklichkeit; Perfektsatz.

B5 Die Zeit läuft

Lösungen:

1990: Pläne
Wir müssen die Schwerarbeit abschaffen. – Wir müssen die Arbeitsplätze verändern. – Wir müssen die Ernährung aller Menschen sichern. – Wir müssen die Umwelt gesund machen. – Wir müssen viele Probleme lösen. – Wir müssen das Paradies schaffen.

2000: Fragen
Wann wird die Schwerarbeit endlich abgeschafft? – Wann werden die Arbeitsplätze endlich verändert? – Wann wird die Ernährung aller Menschen endlich gesichert? – Wann wird die Umwelt endlich gesund gemacht? – Wann werden die vielen Probleme endlich gelöst? – Wann wird das Paradies endlich geschaffen? (nicht: geschafft).

2050: Resultate
Die Schwerarbeit ist abgeschafft. – Die Arbeitsplätze sind verändert. – Die Ernährung aller Menschen ist gesichert. – Die Umwelt ist gesund gemacht. – Die vielen Probleme sind gelöst. – Das Paradies ist geschaffen.

B6 Wahrsagerei

Bei interaktiver Gruppe, die Spaß an „verrückten" Prophezeiungen hat: mündlich zu zweit. Alternative: schriftliche Hausaufgabe.

B7 No Future – keine Zukunft?

Je nach Verlauf der Arbeit bei A3 hier evtl. eine Diskussion darüber in Gang bringen, ob das ganze Thema und einige der Aussagen „typisch deutsch" sind. Dazu evtl. den Cartoon aus E1 vorziehen. Hier bietet sich auch ein Rollenspiel an: KT übernehmen verschiedene Standpunkte und diskutieren über die Zukunft.

C1 Import und Export von Büchern als kulturelle Brücke

i Hans-Dietrich Genscher, (bundes)deutscher Politiker, Mitglied der FDP (Freie Demokratische Partei), der Liberalen. 1927 in Halle geboren, 1969 bis 1974 Innenminister der Bundesrepublik, 1974–1992 Außenminister.
Halle: 1927, bei Genschers Geburt, Stadt im Deutschen Reich. Nach dem Zweiten Weltkrieg Stadt in der DDR. Seit 1990 Stadt in der (vereinigten) Bundesrepublik Deutschland (im „neuen" Bundesland Sachsen-Anhalt).

Lösungen:
1. Buchmesse; Leser; Verlage; Buchtitel; Neuerscheinungen
2. Welt des Buches; Bücher der Welt (bei beiden diskutieren, ob es sich hier um sprachliche Bilder handelt oder nicht); stille Freunde; solide Pfeiler der geistigen Brücken

3. Schriftlich oder mündlich bearbeiten.

4a) Die Frage erst mit Bezug auf das Jahr 1986 beantworten (Länder des Warschauer Pakts, VR China), dann mit den folgenden Tabellen aus dem Jahr 1991 erörtern, wie sich die veränderte politische Lage auf den Buch- und Kulturaustausch ausgewirkt hat.

Einfuhr von Büchern, Zeitungen und Zeitschriften in die Bundesrepublik Deutschland nach Herkunftsländern 1991 (in 1000 DM)

Land	Bücher*	Anteil in %
Großbritannien	119 895	13,4
Österreich	114 897	12,9
USA	110 717	12,4
Italien	97 539	10,9
Schweiz	81 964	9,2
Niederlande	54 221	6,1
Frankreich	45 896	5,1
Belgien/ Luxemburg	45 006	5,0
Japan	34 199	3,8
Spanien	30 815	3,5
Dänemark	30 147	3,4
Tschechoslowakei	21 368	2,4
Hongkong	19 615	2,2
Jugoslawien	18 189	2,0
Singapur	11 580	1,3
Ungarn	8 917	1,0
Portugal	8 506	0,9
Schweden	8 179	0,9
Israel	4 506	0,5
Griechenland	506	0,1
Übrige Länder**	26 441	3,0
Insgesamt	893 103	100,0

* Ohne Bilderbücher
** Länder, deren Ausfuhrwerte in keiner Rubrik 0,5 Prozent erreichten

Ausfuhr von Büchern, Zeitungen und Zeitschriften aus der Bundesrepublik Deutschland nach Abnahmeländern 1991 (in 1000 DM)

Land	Bücher*	Anteil in %
Schweiz	363 778	23,6
Österreich	363 522	23,6
USA	117 750	7,7
Frankreich	113 073	7,3
Niederlande	88 045	5,7
Sowjetunion	84 950	5,5
Großbritannien	59 987	3,9
Italien	55 276	3,6
Belgien/ Luxemburg	54 773	3,6
Japan	51 348	3,3
Spanien	23 174	1,5
Schweden	22 807	1,5
Polen	19 228	1,3
Dänemark	16 244	1,1
Norwegen	8 461	0,5
Kanada	8 189	0,5
Finnland	7 548	0,5
Australien	7 499	0,5
Griechenland	7 379	0,5
Ungarn	7 123	0,5
Tschechoslowakei	6 766	0,4
Türkei	4 459	0,3
Portugal	4 458	0,3
Jugoslawien	3 398	0,2
Kanarische Inseln	183	0,0
Übrige Länder**	40 254	2,6
Insgesamt	1 539 672	100,0

* Ohne Bilderbücher
** Länder, deren Ausfuhrwerte in keiner Rubrik 0,5 Prozent erreichten

Quelle: Außenhandelsstatistik 1992

4b) nicht-europäische Länder

C2 Über die Grenzen: Import und Export von Schmutz

Lösungen:

1. Graphik B + Text 1, Graphik A + Text 2

2.

1a) = es gibt heute ein wachsendes Bewußtsein von Gemeinsamkeit; 2b) = im Bewußtsein einer gemeinsamen Umwelt; 3a) = daß bei diesem Export/Import Schwefeldioxid an vielen Umweltschäden beteiligt ist; 3b) = daß bei diesem Export/Import Schwefeldioxid an vielen Umweltschäden beteiligt ist, das zeigt sich z. B. an den sterbenden Wäldern.

C3 Schwefeldioxid und seine Wirkung

Lösungen:

die zerstörende Wirkung, das scharf riechende Gas aus verbrennendem Erdöl und aus verbrennender Kohle, sterbende Wälder, die beeindruckenden Zahlen, die vernichtende Umweltverschmutzung, steigende Kosten.

C4 Übung

Lösungen:
die Weltbevölkerung, die wächst – die Kosten, die steigen – die Menschen, die hungern – der Gedanke, der rettet – das Geld, das immer fehlt – die Probleme, die kommen (die Probleme, die kommen werden: *kommende* hier eher im Sinn von *zukünftig*).

C5 Umweltschutz

Ausfallen lassen, falls das Thema Umwelt aus der Sicht der KT in dieser Lektion schon überstrapaziert ist.

i Zu den Aufklebern: Der *BUND* (*B*und für *U*mwelt und *N*aturschutz *D*eutschland) ist der bedeutendste Verein für Umweltschutz. E. V. (*e*ingetragener *V*erein) bedeutet, daß die Vereinigung staatlich registriert ist. Vereine sind eine beliebte Vereinigungsform von Privatpersonen zu einem bestimmten Zweck: in Deutschland gibt es zahllose Sport-, Musik-, Heimat-, Kulturvereine. Finanziell werden Vereine in der Regel durch Mitgliedsbeiträge und Spenden getragen, sie dürfen aber keinen Profit machen.

D1 Auf der Frankfurter Buchmesse

HV-Text auf der Cassette

L= Lilaländische Verlegerin D = Deutscher Verlagsvertreter

L: Guten Tag. Ich würde mich gern einmal bei Ihnen umsehen. Ich interessiere mich für die Neuerscheinungen in der Fachbuchproduktion Ihres Verlages, vor allem im Bereich Technik.
D: Aber bitte schön. Treten Sie näher. Nehmen Sie doch bitte Platz. Darf ich fragen, von welchem Verlag Sie kommen?
L: Mein Name ist Sarah Sam. Ich leite den Technobuch-Konzern, das ist ein führender Verlag für Tiefbau und Landwirtschaftstechnik.
D: Ach, Frau Dr. Sam. Sie haben sich doch neulich schriftlich angekündigt. Sie möchten eventuell einige Neuerscheinungen in Lizenz übernehmen. Darf ich Ihnen etwas anbieten? Trinken Sie Kaffee oder Tee, oder lieber etwas Kaltes?
L: Oh, sehr freundlich. Einen Tee, bitte.
D: Oh, ja gern. Kennen Sie schon unseren neuen Verkaufserfolg „Landwirtschaft ohne Gifte. Planungsvorschläge bis zum Jahre 2000?“ Das Buch verkauft sich bestens.
L: Tatsächlich? Nein, bei uns kann man so einen Titel mit Sicherheit nicht verkaufen. Wie Sie sicher wissen, haben wir ja ganz andere Probleme als Umweltschutz. Außerdem: für mittelfristige Planung interessiert sich niemand. Wir planen auf lange Sicht.
D: Interessant. Was für Titel kommen denn dann für Sie in Frage?
L: Unser Verlag konzentriert sich mehr auf praxisnahe Handbücher neuesten Datums. Wir wollen immer auf dem neuesten Stand sein. Aber technische Information veraltet ja so schnell.
D: Ja, das kann man wohl sagen. Aber das trifft natürlich für uns hier genauso zu ...

Lösungen:
2a) Guten Tag – b) der führende Verlag – c) Landwirtschaftstechnik – d) Fachbuchproduktion – e) im Bereich Technik – f) Neuerscheinungen – g) Lizenz – h) Landwirtschaft – i) Gifte – j) längerfristige Planung – k) praxisnahe Handbücher
4a) Fachbuchproduktion deutscher Verlage
4b) hat man andere Probleme
4c) praxisnahe Handbücher aus dem Bereich Technik

D2 Übung

A = 5; B = 3; C = 2; D = 1; E = 4

D3 Messegespräch zwischen Buchhändler und Verlagsvertreter
D4 Rollenspiel: Im Buchladen

Falls das Selberschreiben der Rollenkarten die KT überfordert, sollten diese vom KL vorbereitet werden. D3 kann auch als Musterdialog verwendet werden, zu dem parallel erstmal eine Gesprächssituation schriftlich erarbeitet werden soll, bevor es zu den Gesprächen mit Hilfe der Rollenkarten kommt.

E1 Cartoon

Entweder nur ansehen und wirken lassen oder mit E2 als Anlaß zum kreativen Schreiben verwenden.

Phonetik

Das Lernziel auf einen Blick:

♪ Laute:	Bei normaler Sprechgeschwindigkeit können manche Laute und Silben verkürzt und/oder verändert werden.

♪ Laute: Reduzierung bei schnellem Sprechen

Von Anfang an haben sich Lehrer und Lerner um eine korrekte Aussprache bemüht, d. h. sie haben versucht, alle durch die Schrift dargestellten Laute auch zu sprechen. Muttersprachler geben sich diese Mühe nicht. Sie vereinfachen, wenn das Aufeinandertreffen von Lauten als „anstrengend" empfunden wird, sie unterdrücken ganze Silben oder ziehen sie mit anderen zusammen. Man spricht in diesem Zusammenhang von Reduzierung, auch Assimilation und Elision. Diese Phänomene treten in unterschiedlicher Weise, aber durchaus systematisch in den einzelnen deutschen Dialekten auf. Einige Beispiele:
Norddeutsch für *Pfennig*: [fɛnɪç] statt [pfɛnɪç];
in Berlin für *fünfzig*: [fʊmftsɪç] statt [fʏnftsɪç];
in der Pfalz für *ich steche*: [ɪʃ ʃtɛʃə] statt [ɪç ʃtɛçə];
in Württemberg für *das haben wir*: [de:s ha:mɐ] statt [das ha:bən vi:ɐ̯].
In den Cassettenaufnahmen von Texten, die deutsche Muttersprachler sprechen, tauchen solche „Verschleifungen" schon frühzeitig auf. Die Lerner sollen dies nicht aktiv beherrschen oder gar üben! Manches werden sie allmählich übernehmen. Zudem müssen die KL darauf achten, daß nicht zu viele für das Deutsche untypische, nämlich aus der Ausgangssprache der KT stammende Veränderungen in das Sprechen der KT einfließen. Ziel in dieser Lektion ist nur, daß die KT fähig werden, solche reduzierten Sätze von deutschsprachigen Sprechern zu entschlüsseln.
Lediglich zur bewußten Kenntnisnahme dieser Erscheinungen sollen sie in den Übungen 1 und 2 den Prozeß der Verschleifung einmal nachahmen.
Achtung: Aus diesen Verschleifungen resultieren z. T. Fehler der KT, die man als KL manchmal nicht als Phonetikfehler, sondern als Grammatikfehler wahrnimmt.
Ein Beispiel: [hasdu: ma:l 'aeŋ momɛntsaet?]
(einen)

Der deutsche Sprecher verweilt einen kurzen Augenblick auf dem n, (deswegen der Haken unter dem [n]→[ŋ]!), so daß der deutsche Hörer die Akkusativendung -en hört. Der ausländische Hörer versteht meist [aen] und kann daraus den Schluß ziehen, „Moment" sei Neutrum. Die/der KL diagnostiziert einen Grammatikfehler (falscher Akkusativ!). In Wirklichkeit handelt es sich um eine Unfähigkeit im diskriminierenden Hören der Akkusativendung.
Hier kann die/der KL durch kleine Spiele helfend eingreifen, beispielsweise mit „Kofferpacken":
Susanne besucht ihre Schwester, die in Portugal lebt. Jede/r KT sagt in einem vollständigen Satz, was Susanne einpackt und wiederholt dabei die Gegenstände, die die anderen KT vorher schon genannt haben. Alle Dinge müssen maskulin sein:

KT 1: Susanne packt einen [aeŋ̩] (!) Rock in den Koffer.
KT 2: Susanne packt einen [aeŋ̩] Rock und einen [aeŋ̩] Photoapparat in den Koffer.
KT 3: Susanne packt einen Rock, einen Photoapparat und einen ... in den Koffer. usw.
Erleichterung für das Gedächtnis: Jede/r macht zu ihrem/seinem Gegenstand eine kennzeichnende Geste. Wer einen Gegenstand vergißt, scheidet aus.
Abwandlung: *Meine Tante aus ... ist da. Sie hat einen ... mitgebracht.*
Die Übungen 3, 4 und 5 gehen einen umgekehrten Weg: Nach verschleifendem Lesen (3) muß der Satz in korrekter Schreibweise wiedergegeben werden (4). Lösung: *Ich möchte dir mal eine Frage stellen. Kannst du das Wort Aussprache schreiben?* Bei Übung 5 handelt es sich um einen Diktattext, der auf der Cassette zu hören ist. Die Sätze werden reduziert gesprochen, die KT sollen die korrekte Schreibung herausfinden. Lösung: *Ich habe einen kranken Mann. Der soll bald wieder auf die Beine kommen. – Mein Wunsch ist, daß alle Menschen genug zu essen haben. – Ich wünsche mir einen Arbeitsplatz. Ich will eben auch endlich mal Geld verdienen. – Frieden in der Welt. Das ist das Wichtigste!*

Hinweise zum Arbeitsbuch

Zu Aufgabe 1: Die Erfindung des Rads ist der Beginn einer technischen Entwicklung, die der Menschheit zwar einerseits Mobilität, andererseits aber auch die heutige Luft- und Umweltverschmutzung, sauren Regen und sterbende Wälder gebracht hat. Im Cartoon wird auf einen neueren Denkansatz, die „Technikfolgenabschätzung“ angespielt. Damit sollen vor dem Einsatz neuer Techniken deren soziale Folgen, die zu erwartende Umwelt(un)verträglichkeit und mögliche negative Auswirkungen rechtzeitig erkannt werden.
Bei dem „Gedicht der Woche“ aus dem STERN handelt es sich um eine bewußte Wiederaufnahme des Gedichts von Theodor Storm, um auf die seitdem stattgefundenen Veränderungen aufmerksam zu machen.

Zu Aufgabe 5: Diese Empfehlungen beziehen sich auf ein in der Bundesrepublik und anderen Industrieländern vorhandenes Warenangebot und dort übliches Konsum- und Konfliktverhalten.

Zu Aufgabe 15: Grafik „Wie viele Jahre bis zum Wohlstand?“ Aus der Perspektive Ende des Jahres 1993 erweisen sich selbst die vorsichtigsten Annahmen der Befragten (11 Jahre oder länger) als zu optimistisch. Inzwischen geht man von einem Zeitraum von 30 bis 40 Jahren aus. Das bedeutet konkret: Von der Generation derer, die an den Ereignissen in den Jahren 1989/1990 aktiv beteiligt waren, werden es viele nicht mehr erleben.

Interview: Das Interview mit Frau Heckel ist fiktiv. Es enthält einige landeskundliche Informationen zur wirtschaftlichen Situation in den fünf neuen Bundesländern (dem Gebiet der ehemaligen DDR) im ersten Jahr nach der Vereinigung und spiegelt die Hoffnungen vieler Menschen wider. Wer hier einen landeskundlichen Schwerpunkt setzen will, kann bei Nr. 5 die Gründe für diese wirtschaftliche Situation und in Verbindung mit Nr. 10 die weitere Entwicklung bis zum Zeitpunkt des Unterrichts erarbeiten (lassen). Auch der Tenor dieses „Interviews“ ist aus späterer Sicht viel zu optimistisch, zumindest was die allgemeine Situation betrifft. Er entspricht allerdings der im ersten Jahr (1991) nach der Vereinigung vorherrschenden und von Politikern verbreiteten Stimmung.

Die Entwicklung der Situation in den neuen Bundesländern im Jahr 1992 zeigt die Statistik. Die Arbeitslosenquote betrug Ende 1992 in den neuen Bundesländern durchschnittlich 15-20 % (betroffen sind vor allem Frauen: 65 % der Arbeitslosen), in den alten Bundesländern durchschnittlich etwa 5 %. Bei diesen Zahlen, die im Jahr 1993 noch gestiegen sind, muß man sich vergegenwärtigen, daß es in der ehemaligen DDR (zumindest offiziell) keine Arbeitslosigkeit gab.

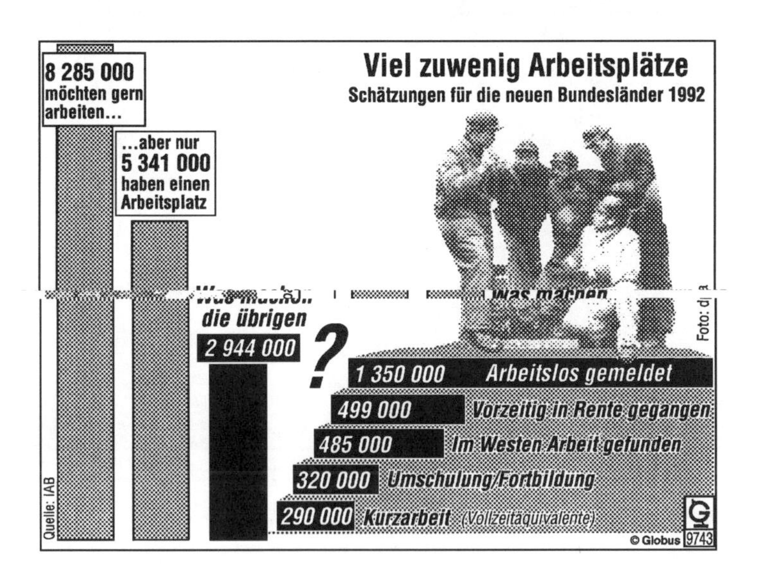

Vorzeitig in Rente gegangen: d. h. häufig schon mit 53 Jahren in Rente geschickt.
Kurzarbeit: d. h. häufig „Kurzarbeit Null" (= man bekommt noch Kurzarbeitergeld, obwohl man nicht mehr arbeitet, weil nicht genug Aufträge da sind); häufig steht am Ende der Kurzarbeit die Entlassung in die Arbeitslosigkeit.

Zu Aufgabe 19, 1: Bei den „Graffitis" handelt es sich um bekannte „Sponti-Sprüche" aus der Alternativszene. Die Sprache wird hier „wortwörtlich" genommen (z. B. Ich geh kaputt: *gehen* im Sinne von *laufen*), logische Brüche erzeugen witzige Wirkungen.

Lektion 4		
Thema	Bildung und Erziehung Erziehung und Ausbildung international Das Bildungssystem in der Bundesrepublik Deutschland Lebenslauf (ausführlich und tabellarisch, erzähltes Leben) Analphabetismus Schulerfahrungen (Kafka, Brecht) Bewerbung um ein Stipendium	A-F A1, A2, A4, B6 B1 B2-B5 D1 E F
Grammatik	Präpositionen und Kasus: Genitivpräpositionen wissen, kennen, können Indirekte Rede und Konjunktiv	A3 C D2-D6
Phonetik	Laute: Der Buchstabe *c* Gegenüberstellung [s], [ts], [st]	
Projekt	Schulsystem beschreiben	B6

Auftaktseite

Evtl. kurz über die Fotos reden (wann, was für eine Schule?) und mit Schulfotos der KT vergleichen. Alternativer Einstieg über Sprüche, Volksweisheiten aus dem Fundus der KT (Gibt es einen ähnlichen Spruch auch im Deutschen?) oder aus dem deutschen und allgemeinen Zitatenschatz.

Einige Beispiele:

Nicht für die Schule, sondern für das Leben lernen wir. (Seneca Jr., 106. Brief)
Man gibt seine Kinder auf die Schule, daß sie still werden, auf die Hochschule, daß sie laut werden. (Jean Paul)
Der Mensch ist das einzige Geschöpf, das erzogen werden muß. (I. Kant)
Die Erziehung ist das größte Problem und das Schwierigste, was dem Menschen kann aufgegeben werden. (I. Kant)
Bei der Erziehung muß man etwas aus dem Menschen herausbringen und nicht in ihn hinein. (P. Fröbel)
Das Leben erzieht die großen Menschen und läßt die kleinen laufen. (M. Ebner-Eschenbach)
Kinder und Uhren dürfen nicht beständig aufgezogen werden, man muß sie auch gehen lassen. (J. Paul)
Es ist einfacher, eine Nation zu regieren, als vier Kinder zu erziehen. (W. Churchill)
Man erziehe die Knaben und die Mädchen zu Müttern, so wird es überall wohl stehn. (J. W. v. Goethe, Wahlverwandtschaften)

Wichtiger als das, was man weiß, ist oft der, den man kennt.
Wer ist Meister? Der was ersann./Wer ist Geselle? Der was kann./Wer ist Lehrling? Jedermann.
Überall lernt man nur von dem, den man liebt. (Goethe zu Eckermann)

Bildung ist die Fähigkeit, Wesentliches vom Unwesentlichen zu unterscheiden und jenes ernst zu nehmen. (Lichtenberg)
Bildung ist ein durchaus relativer Begriff. Gebildet ist jeder, der das hat, was er für seinen Lebenskreis braucht. Was darüber ist, das ist vom Übel. (Hebbel)
Vermöge seiner Bildung sagt der Mensch nicht, was er denkt, sondern was andere gedacht haben und was er gelernt hat. (A. Schopenhauer)
Gebildet ist, wer weiß, wo er findet, was er nicht weiß. (G. Simmel)

A2 Aufgaben

Lösungen:
1. Elternhaus (?), Schule, Erziehung, Ausbildung, Entwicklung, Freunde (?), studieren, Kunsthochschule, Studentenleben, Umgangsformen (?), Hausaufgabe, Schuljahr, Prüfung, Schulabschluß, Studium, Kindheit (?), spielen (?), Vorschule, Kindergarten, Freizeit (?), Leistung, Zeugnis, Schulgeld, höhere Schule, „es besser haben“ (?), Universität, Stipendium.
Diese auf den ersten Blick simple Aufgabe kann/soll zu interessanten Diskussionen führen. Soll man nur die Wörter aufschreiben, die etwas mit Institutionen zu tun haben (Kindergarten – Universität) oder soll man all das, was für die Entwicklung eines jungen Menschen von Bedeutung ist (Eltern, Freunde etc.), auch heraussuchen. Dies kann zu einer Abgrenzung von Erziehung/Bildung (evtl. auch Sozialisation) innerhalb des deutschen Sprachgebrauchs führen und vor allem zu einem ersten Versuch, diese deutschen Begriffe angemessen in die Sprache der Kursteilnehmer zu übersetzen.
Kurze Definition von Begriffen wie *Bildung, Erziehung* und *Sozialisation* sind fast immer zum Scheitern verurteilt. Trotzdem wird man nicht darum herumkommen, KT, in deren Sprache und Realität dieser Bereich anders gegliedert wird, auf Unterschiede hinzuweisen.

Stichwörter:
i Bildung: Prozeß und Resultat der geistigen Formung des Menschen; (bewußte) Auseinandersetzung mit der Welt, besonders mit der Kultur, Verwirklichung des Menschseins (Humanitätsideal); lebenslängliche menschliche Tätigkeit des selbstbestimmten Individuums. Interessante Komposita: *Bildungsbürger, Bildungsnotstand, Bildungsroman.*
Erziehung: Menge der (pädagogischen) Maßnahmen und Prozesse, durch die das Kind zum Erwachsenen wird. Interessante Begriffe aus dem Umfeld: *antiautoritäre Erziehung*; *Erziehungsberechtigter* (= derjenige, der die Rechte und Pflichten der elterlichen Gewalt hat), *Erziehungswissenschaft, Erzieher* (Beruf).
Sozialisation: Vermittlung eines gesellschaftlichen Normen- und Wertesystems. Im Unterschied zur Erziehung umfaßt die Sozialisation alle Aspekte, die bei den Heranwachsenden die Persönlichkeitsentwicklung und gesellschaftliche Formierung beeinflussen (z. B. Freunde), und nicht nur die pädagogischen Aspekte.

2.
IB: Eltern, Kontakte mit der weiten Welt, strenge Erziehung, Wert auf Umgangsformen
TE: Schule, Prüfungen, den Erwartungen der Eltern entsprechen
AH: Wunsch der Eltern, daß AH es einmal besser haben soll. Freundinnen
Die Aufgaben 3. und 4. können evtl. schon in 1. mitbehandelt worden sein (falls es dort zu Vergleichen gekommen ist).

A3 Karriere

Lösungen:
wegen seiner Klugheit; während des Semesters; statt der Veranstaltungen; wegen seiner Faulheit; trotz dieses Mißerfolges; während der Ferien; statt der Universität

A4 Kommentare

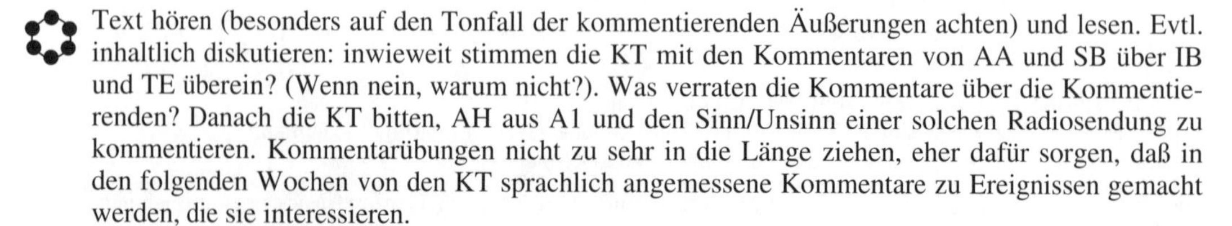

Text hören (besonders auf den Tonfall der kommentierenden Äußerungen achten) und lesen. Evtl. inhaltlich diskutieren: inwieweit stimmen die KT mit den Kommentaren von AA und SB über IB und TE überein? (Wenn nein, warum nicht?). Was verraten die Kommentare über die Kommentierenden? Danach die KT bitten, AH aus A1 und den Sinn/Unsinn einer solchen Radiosendung zu kommentieren. Kommentarübungen nicht zu sehr in die Länge ziehen, eher dafür sorgen, daß in den folgenden Wochen von den KT sprachlich angemessene Kommentare zu Ereignissen gemacht werden, die sie interessieren.

Z Evtl. als Vorübung nach der Durchnahme des Textes sammeln, mit welchen Adjektiven man gesellschaftliche Normen wie diese Erziehungsvorstellungen beschreiben könnte, z. B. hervorragend – normal – unmöglich – extrem – üblich – gut – toll – überflüssig – unnötig – vernünftig – ausgezeichnet – anstrengend – problematisch – bequem – demokratisch – beeindruckend – sozial – schlecht – modern – sympathisch – faszinierend – perfekt – ...

B1 Das Bildungssystem in der Bundesrepublik Deutschland

Von einer deutschen Institution (Goethe-Institut, Botschaft) informatives Plakat zum Bildungssystem in Deutschland besorgen. Nicht auf alle Aspekte des Bildungssystems eingehen, sondern Konzentration auf diejenigen, die für die KT von Relevanz sein könnten. (z. B. wenn sie ein Jahr in Deutschland studieren oder als Fremdsprachenassistent an einer Schule unterrichten werden. Oder wenn bestimmte Teile des deutschen Systems für sie kontrastiv besonders interessant sind; zukünftige Lehrer einer bestimmten Stufe o. ä.) Darauf hinweisen, daß dieses Schaubild sich auf die alte Bundesrepublik bezieht, aktuelle Informationen besorgen und fragen, ob sich durch die deutsche Einheit etwas daran geändert hat (warum bzw. warum nicht?).
Zu ergänzen sind (von unten nach oben): Kindergarten, Gymnasium (links), Realschule (rechts), Abendgymnasium, Universität.

Lösungen:
1. Grundschule: 4; Hauptschule: 5 (manchmal mit der Möglichkeit für ein zusätzliches Jahr: qualifizierter Hauptschulabschluß); Realschule: 6; Gymnasium: 9
2. Für bestimmte Studienfächer gibt es in Deutschland mehr Studienbewerber als freie Plätze. In solchen Fällen wird eine bestimmte Abiturnote festgelegt, mit der man für das Fach zugelassen werden kann. In der Regel kann man sich direkt bei der Universität bewerben; für Numerus clausus-Fächer gibt es eine zentrale Zulassungsstelle.
3. Die Auszubildenden/Lehrlinge gehen während der Lehre zur Schule und lernen am Arbeitsplatz. (Man nennt dies das „duale" System der Berufsausbildung.) Falls in A1 die Unterscheidung von *Bildung* und *Erziehung* auf das Interesse der KT gestoßen ist, kann man dazu jetzt noch *Ausbildung* in Kontrast setzen.
4. *Mittlere Reife*: Realschule (und über den Zweiten Bildungsweg). *Abitur*: Gymnasium, Gesamtschule, Abendgymnasium.
5. Die ausländischen Studienanfänger müssen oft ein Studienkolleg besuchen und eine Prüfung ablegen, die dem Abitur entspricht.
6. Bild 1: 1. Klasse Grundschule; 1. Schultag: Die Kinder kommen in der Regel mit 6 Jahren in die Schule. Am ersten Schultag bekommen sie von ihren Eltern Schultüten (auf dem Tisch im Vordergrund des Bildes) mit Schulutensilien und Süßigkeiten. Der Klassenraum ist so gestaltet, daß die Tische am Rand stehen und in der Mitte Platz bleibt für Spiele und gemeinsame Aktivitäten. Die Kinder stehen direkt um die Lehrerin herum (keine Distanz).
Bild 2: Mathematikunterricht im Gymnasium: Die Schüler sitzen im Kreis (Gruppenarbeit), sie können einander sehen. Der Lehrer sitzt in der Nähe der Schüler, er doziert nicht (gemeinsames Arbeiten). Ein Schüler schreibt Ergebnisse an die Tafel.
Bild 3: Schreibmaschinenkurs an einer Berufsschule: Die Schülerinnen sitzen in Reihen mit Blick zur Tafel. Die Lehrerin nimmt eine dozierende Haltung ein. Man nennt das auch Frontalunterricht.
Bild 4: Hörsaal in einer Universität: Der Raum erfüllt den Zweck des Zuhörens. Die Studenten sitzen in Reihen, den Blick zum Dozenten gerichtet. Eine solche akademische Veranstaltung nennt man Vorlesung. Vorlesungsräume bieten meist Platz für mehrere hundert Studenten.

Bei der ganzen Diskussion des Bildungssystems darauf achten, daß Bildung Sache der Bundesländer ist und es von Land zu Land Unterschiede gibt. Falls das Thema „Föderalismus" für die KT potentiell interessant oder wichtig, aber aufgrund nicht-vorhandener vergleichbarer Strukturen im eigenen Land verwirrend ist, ist Bildung eine gute Einstiegsmöglichkeit für dieses generelle Thema. Ausgehend von konkreten Beispielen, z. B. Umzug innerhalb Deutschlands und dessen Konsequenzen für die Kinder (Gymnasium/Gesamtschule), könnte man zu den allgemeinen Vor- und Nachteilen des Föderalismus kommen.
Diese Bildungsdiskussion mag manchem KL oder KT zu theoretisch erscheinen. Als alternativen Weg kann man mit dem folgenden Fragebogen unter den KT eine Umfrage machen, deren Ergebnisse mit den Ergebnissen der deutschen Befragten vergleichen und danach überlegen, was für Fragen in einem Fragebogen im Land der KT auftauchen würden.

Bildung heute

Befragungen von ausgewählten (repräsentativen) Personen (Gruppen). Das kann man auch selbst in einer Gruppe testen.

Tabelle 1: Bildung – Allgemeinbildung. Was gehört dazu?

Fragen: „Wenn man von jemandem sagt: Dieser Mensch ist gebildet (Dieser Mensch hat Allgemeinbildung ...). Wie stellen Sie sich so jemanden vor, was gehört zu einem gebildeten Menschen? (Was gehört zu einem Menschen mit Allgemeinbildung? ...)

*Antworten einer Gruppe von 718 bzw. von 747 Personen	Das gehört unbedingt zu einem gebildeten Menschen		Das gehört unbedingt zu einem Menschen mit Allgemeinbildung	
	%	Rangplatz	%	Rangplatz
Hat ein breites Wissen	81	1	85	1
Kann sich sprachlich gut ausdrücken	59	2	53	3
Hat gute Manieren, weiß sich zu benehmen	50	3	45	4
Verfügt über großes berufliches Fachwissen	46	4	35	9
Liest viel	44	5	54	2
Beherrscht Fremdsprachen	41	6	37	7
Bildet sich beruflich fort	36	7	36	8
Interessiert sich für Politik	32	8	41	5
Hat ein abgeschlossenes Studium	31	9	23	14
Kennt sich in der Geschichte gut aus	30	10	39	6
Hat Abitur	30	11	24	13
Kann hochdeutsch sprechen	28	12	30	10
Interessiert sich für Philosophie, für die großen Denker	27	13	22	16
Interessiert sich für Umweltfragen	21	14	28	11
Hat eine Lehre abgeschlossen	19	15	24	12
Interessiert sich für Technik	17	16	18	18
Interessiert sich für Kunst, Malerei	17	17	22	15
Macht häufig Reisen zu kulturell bedeutenden Sehenswürdigkeiten	17	18	19	17
Geht regelmäßig ins Theater, in Konzerte, Museen	16	19	17	19
Hat eine Meisterprüfung abgelegt	15	20	14	22
Versteht viel von Musik	11	21	14	23
Hat Grundkenntnisse, wie man mit Computern arbeitet	10	22	12	24
Hat handwerkliche, praktische Kenntnisse	10	23	16	20
Besucht Kurse in der Volkshochschule	9	24	15	21
Beschäftigt sich mit religiösen Fragen	9	25	10	25
Spielt ein Musikinstrument	7	26	6	27
Sieht sich viele Fernsehsendungen an	5	27	8	26
	*718		*747	

Quelle: Allensbacher Archiv. IfD-Umfragen 4063. Oktober 1985

B2 Aus dem Leben von Christa Pereira
B3 Tabellarischer Lebenslauf
B4 Lebenslauf ist nicht gleich Lebenslauf

Drei Arten, Informationen über das eigene Leben zu geben, sollen verglichen werden: in einem informellen Gespräch auf einer Party, in einem ausführlichen und in einem tabellarischen Lebenslauf. Im Gegensatz zu den sonstigen Auswertungen von Hör- und Leseverständnistexten ist die Auswertung des Hörverständnistextes gleichzeitig eine Präsentation des ausführlichen Lebenslaufes.

B2 Aus dem Leben von Christa Pereira

HV-Text auf der Cassette:

... natürlich hätte ich mir das nicht träumen lassen, daß ich, die Tochter eines Stahlarbeiters, hier mal als Frau vom Chef der Südamerikaabteilung landen würde. Wirklich nicht. Ich bin schließlich eine richtige ZBW-Frau. ZBW kennen Sie nicht? Kein Wunder, das machen auch nicht viele. ZBW heißt Zweiter Bildungsweg. Also bei mir war das so richtig typisch. Mein Bruder hat natürlich Abi machen dürfen. Ich nicht. Kind, du heiratest ja doch, hat meine Mutter gesagt, was sollst du dir da den Kopf mit all dem unnützen Wissen vollstopfen. Also habe ich die Realschule mit Mittlerer Reife abgeschlossen und eine Lehre als Zahntechnikerin gemacht. Nach drei Jahren Beruf hatte ich die Nase voll; ich wollte studieren, Lehrerin werden. Ohne Abitur kann man aber bei uns nicht studieren. Also habe ich es nachgemacht, auf dem Zweiten Bildungsweg. Knapp drei Jahre lang jeden Abend, nach der Arbeit, im letzten Jahr auch tagsüber. Und dann begann ich mit dem Studium. Ein paar Semester ging alles gut. Bis ich Miguel in die Arme gelaufen bin, meiner großen Liebe. Im vierten Semester kam Carla, unsere erste Tochter. Wir haben dann eben geheiratet.
Ich habe noch ein Kind bekommen, Pia. Nun mußte ich zu Hause bleiben und konnte nicht fertig studieren. Miguel verkaufte inzwischen weltweit sein Datenbanksystem. Das Alleinsein hat mich manchmal ganz schön genervt. Als die Kinder dann größer waren, bin ich zum Arbeitsamt gegangen, weil ich wieder in den Beruf zurückkehren wollte. Als Zahntechnikerin fand ich keine Stelle. Deshalb machte ich einen Umschulungskurs in EDV – Elektronische Datenverarbeitung. Nach fast acht Jahren als Hausfrau und Mutter war das gar nicht so einfach. Na ja, und als mir gerade eine Stelle angeboten wurde, hat Miguel diesen Job hier in São Paulo bekommen. Eine einmalige Chance für uns. Da bin ich natürlich mitgegangen ....

W Evtl. anhand von problematischen Äußerungen der KT (*Heirat/Hochzeit*) das Wortfeld *Heirat – heiraten – verheiratet sein – Hochzeit – Eheschließung – Trauung* ... systematisch aufarbeiten bzw. wiederholen.

Da B2-B4 eng miteinander verbunden sind, empfiehlt es sich, sie als Einheit durchzunehmen. Man kann mit B2 auf verschiedene Weisen arbeiten (z. B. bei gut „hörgeschulten" KT mit der Cassette anfangen), in den meisten Fällen empfehlen sich aber die folgenden Schritte:
Zuerst ausführlichen Lebenslauf durchgehen und sehen, inwieweit man aus den Informationen über das Bildungssystem aus B1 erschließen kann, was für eine Information oder was für eine Art von Information dort auftauchen müßte (z. B. Art der Schule, Schulabschluß, Ausbildungsdauer). Alle Lösungsvorschläge der KT zunächst gelten lassen und an der Tafel festhalten.
Danach Text hören und die Vorschläge überprüfen. Fragen, was man jetzt neu über Christa Pereira weiß. Je nach Antworten erneut hören. Danach tabellarischen Lebenslauf ausfüllen. Diskutieren, inwieweit die beiden deutschen Lebensläufe aus B2 und B3 sich von Lebensläufen, die die KT schon in ihrer Sprache geschrieben haben, unterscheiden (tabellarische Form akzeptabel?, handschriftlich vs. getippt usw.). Danach Cassette noch einmal spielen und B4 beantworten.

Lösungen:
Lücken in B2 ergänzen durch: Grundschule/Realschule/mittleren Reife/Lehre/Zweiten Bildungsweg/Abitur/Studium/Beruf/Zahntechnikerin/Umschulungskurs
Lücken in B3 ergänzen durch: Grundschule/Realschule/Mittlere Reife/Lehre/Zahntechnikerin/Abitur/Germanistik/Geschichte/Heirat (Eheschließung/Hochzeit)/Kinder/zweiten/Umschulungskurs

K **B4 Lebenslauf ist nicht gleich Lebenslauf**

1. Wo steht was?	tabellarischer Lebenslauf	ausführlicher Lebenslauf	erzähltes Leben
Name der Eltern	X	X	
Beruf des Vaters		X	X
Geschwister	X		X
Schulabschluß	X	X	X
Ausbildung	X	X	X
Beruf	X	X	X
Universität	X	X	X
Familienstand	X	X	X
Kinder	X	X	X
Ausland			X

2.
tabellarisch: viele Substantive; fast keine Verben; keine ganzen Sätze; neutrale Sprache; viele Zahlen; kein *ich*; chronologisch
ausführlich: ganze Sätze; *ich*; Präteritum; neutrale Sprache; chronologisch
erzählt: *ich*; nicht chronologisch; Perfekt; viele Partikeln; was andere gesagt haben, Emotionen und Meinungen; auch, was sie machen wollte (aber dann nicht getan hat)

B5 Auskunft zur Person
B6 Schulsystem in Ihrem Land

Falls während der Arbeit mit B1-B4 schon auf das eigene Schulsystem und auf individuelle Lebensläufe eingegangen worden ist, B5 und B6 weglassen. Falls sich die KT in absehbarer Zeit auf deutsch bewerben müssen (Stipendium, Praktikumsplatz etc.), auf jeden Fall einen schriftlichen Lebenslauf üben, wenn nicht hier, dann bei Aufgabe F.

C1 In der Bibliothek

Die drei Mini-Dialoge einzeln durchgehen. Kontrastiv arbeiten und je nach Lernschwierigkeiten der KT noch zusätzliche kontrastive Übungen in den Unterricht einführen.

C2 Was paßt zusammen?

Lösungen:
Können Sie: Fremdsprachen/Ballett tanzen?
Wissen Sie: wie spät es ist?/ob Familie Klinger noch kommt?/wann der nächste Bus fährt?
Kennen Sie: Albert Einstein/eine gute Zeitung?

C3 Kennen oder wissen?

Goethe-Gedicht (1. Strophe, steht am Anfang des ersten Kapitels des Dritten Buchs von *Wilhelm Meisters Lehrjahre*), in einer Übersetzung lesen und danach evtl. laut auf deutsch. Nicht Wort für Wort durcharbeiten (es sei denn, es gibt besondere Gründe dafür).

Lösungen:
Kennen oder *wissen*: Kennst; kennst; weißt; weißt; weiß; weißt; weißt; kennst

C4 Wissen oder können?

Lösungen:
kennen oder *können*: Kennst; kenne; kenne; kann; kann; kann
Wissen oder *können*: Wissen; kann; können; weiß; weiß; können; kann

C5 Wissen, kennen oder können?

Lösungen:
wissen, kennen oder *können*: 1. Wissen; kenne; Können – 2. kenne; kennen; weiß – 3. kennen; kenne; weiß (kennt); kann

D1 Funktionale Analphabeten

Wie ausführlich man das Thema behandelt, hängt ganz allein von der Interessenlage der KT ab. ↗ Evtl. hier Zusatzmaterialien einsetzen, die auf die UNESCO-Aktivitäten, auf die Situation im eigenen Land, auf die Problematik des Begriffs *funktionale Analphabeten* usw. eingehen. Aber auch bei großem inhaltlichen Interesse sollte die Arbeit am Text nicht vernachlässigt werden. Um was für eine Textsorte handelt es sich hier? Woran erkennt man das? Um was für eine Art von Zeitung handelt es sich (einheimisches Beispiel? Kennt man deutsche Zeitungen)? Was sind die kommunikativen Handlungen der befragten Personen (erklären, abwehren, bestätigen)? Wie machen sie das? Diese Arbeit am Text ist ein notwendiger Schritt für die darauffolgende schwierige Annäherung an die *indirekte Rede*.

Lösungen:
1. Funktionaler A. kann einfache Sätze lesen und schreiben, kann aber kein Formular ausfüllen, keine Anzeige lesen und kein Telefonbuch benutzen. Natürlicher A. kann nicht schreiben (evtl. mit Ausnahme des eigenen Namens).
2. Abwehr: Heidi Salchow, der ungenannte Professor, Gisela Lieberwein, Sabine Walper – Erklärung: Gürbüz Can – Bestätigung: Axel Tolopp

D2 Indirekte Rede und Konjunktiv

Da viele dieses Problem als besonders schwierig empfinden, und weil es in Prüfungen oft ein besonderes Gewicht hat, geben wir hier ausführliche Informationen.

i Die indirekte Rede mit ihrer Verwendung der Modi Indikativ, Konjunktiv I und Konjunktiv II ist sehr komplex. Sie ist ein schönes Beispiel, wenn man die Problematik von sprachlichen Normen diskutieren will. Man kann hier zeigen, wie die Wahl der sprachlichen Mittel von Situation und Kontext abhängt. Eher selten ist sie jedoch wirklich als Prüfungsgegenstand geeignet.

Zunächst heißt indirekte Rede nur: Man gibt etwas wieder, was eine andere Person gesagt/gedacht/gemeint hat. Hier spielen verschiedene sprachliche Mittel eine Rolle:

a) Einleitung mit einem Verb der Kommunikation (*sagen, meinen, denken, behaupten* etc.):
Er ***sagt****, daß er das Problem sieht.*
b) Die Verwendung bestimmter Satzstrukturen:
Er sagt, ***daß*** *er das Problem sieht/er sieht das Problem.*
c) Umformung von Personalpronomen und adverbialen Bestimmungen:
*Er sagte: „****Ich*** *komme* ***morgen****." – Hans sagte (gestern),* ***er*** *kommt* ***heute****.*
d) Verwendung von Konjunktiv:
Er sagte, daß er das Problem ***sehe/sehen würde****.*

In D2 stehen parallel Indikativ, Konjunktiv I und Konjunktiv II in den Beispielen zur indirekten Rede. In allen drei Beispielen wird etwas wiedergegeben, was eine andere Person gesagt hat. In der gesprochenen Sprache im Alltag verwendet man meist Indikativ, manchmal auch Konjunktiv II. In der geschriebenen Sprache, vor allem in der Mediensprache (Rundfunk, Fernsehen, Presse), verwendet man Konjunktiv I und II nach folgenden Regeln:

Grundregel: Konjunktiv I verwenden.
Falls die Form des Konjunktiv I mit dem Indikativ übereinstimmt, Konjunktiv II verwenden. Falls die Form des Konjunktiv II archaisch klingt, nimmt man *würde* + Infinitiv.

Beispiele: (Konjunktiv I oder Konjunktiv II in der indirekten Rede)		
Indikativ	Konjunktiv I	Konjunktiv II
er kommt	*er komme*	
sie kommen	*(sie kommen)*	*sie kämen (sie würden kommen)*
sie fliehen	*(sie fliehen)*	*sie würden fliehen (sie flöhen)*
sie sind gekommen	*sie seien gekommen*	
sie haben gesehen	*(sie haben gesehen)*	*sie hätten gesehen*

Die Beschreibung, daß Indikativ in der gesprochenen, die Konjunktive in der geschriebenen Sprache verwendet werden, ist natürlich eine Vereinfachung. So verwendet man in bestimmten Situationen auch beim Sprechen die Konjunktiv-Formen, z. B. bei akademischen Vorträgen oder Diskussionen; ebenso kann in der geschriebenen Sprache Indikativ verwendet werden, vor allem, wenn *daß*-Sätze verwendet werden.

Am besten kann man die indirekte Rede mit Konjunktivformen in Zeitungstexten beobachten. Es kann sich lohnen, Zeitungstexte in den Unterricht mitzubringen oder D1 zu nehmen und die Verben zu unterstreichen. Dann kann man anhand der unterstrichenen Formen die Verteilung der Konjunktive in der „geschriebenen" indirekten Rede klären.

D3 Bericht über ein Gespräch

Lösungen:
1. wäre; 2. beginne; 3. folge; 4. mache; 5. kennenlerne; 5. hätten; 6. wären

D4 Liebe und Geld

Lösungen:
Zeile 1: sagte, daß, er, sie, findet – Zeile 2: sagte, daß, er, sie, (lieben) würde – Zeile 3: sagte, er, sei, sie – Zeile 4: wäre, er – Zeile 5/6: er, habe
Auf die Pronominalverschiebung hinweisen: *Ich/du* wird zu *er/sie*.

D5 Ein neuer Anfang?

Lösungen:
1. Sie sagte: „Ich habe keine Lust." 2. Er antwortete: „Das ist gut, ich habe nämlich auch keine Lust mehr." Sie sagten lange nichts. 3. Sie sagte nach einiger Zeit: „Ich beginne ein neues Leben ohne dich. Ich gehe an die Universität und fange an zu studieren." 4. Er antwortete: „Ich habe schon lange vor, weniger zu arbeiten." Sie ging.

D6 Welche Form steht in welchem Text?

Lösungen:
1. A + 3; B + 1; C + 2; D + 4.
2. Sprechen: Indikativ – Schreiben: Konjunktiv – Gebildetes Sprechen: Konjunktiv – Umgangssprachliches Schreiben: Indikativ.
3. Die Aufgabe liefert Material für die Diskussion, wann Indikativ oder Konjunktiv I/II für die indirekte Rede verwendet wird (Situation, Textsorte, formell/informell).
4. a) Konjunktiv – b) Indikativ

Phonetik

Die Lernziele auf einen Blick:

♪ 1 Laute:	Der Buchstabe c wird unterschiedlich gesprochen.
♪ 2 Laute:	Übung zu Wörtern mit dem Anfangsbuchstaben c.
♪ 3 Laute:	Wörter mit [s]-Laut in Kombination mit vorangehendem oder folgendem [t]-Laut müssen klar voneinander unterschieden werden.

♪ 1 Laute: Der Buchstabe c

Der Buchstabe *c* ist eigentlich für die deutsche Sprache überflüssig. Er wäre ersetzbar durch *z*, *ts* oder *k*. Daraus erklärt sich wohl, daß er in mehreren Aussprachevariationen auftritt. In der Tabelle finden die KT Beispiele und Regeln für die unterschiedliche Aussprache:
c vor *e* und *i* wird [ts] gesprochen;
c vor *a, o, u* } wird [k] gesprochen;
c vor Konsonant }
c plus *h* im Anlaut wird in einigen Wörtern [k] gesprochen: *Chaos, Charakter, Charta, Chlor, Cholera, Chor, Christ, Chrom, Chronik*; in Österreich und in der Schweiz auch in *Chemie* und *China*.
Wörter mit *c* vor *y*, vor Umlauten und vor Diphthongen existieren praktisch nicht.

Sonderformen in der Tabelle: Die Aussprache von bestimmten Wörtern, die aus Fremdsprachen ins Deutsche übernommen wurden, richtet sich nach deren Regeln.

Folgende Buchstabenkombinationen stehen für feste Laute bzw. Lautkombinationen:

ch → [x] und [ç]	Vgl. SB1, L8 und die Ausführungen im HfU 1 dazu!
chs → [ks]	Die Kombination chs steht allerdings nie am Wortanfang. Weitere Beispielwörter: *Wechsel* (SB 1, L13), *Fuchs* (SB1, L14). Vgl. auch das Phonetikkapitel in SB1, L13 und HfU1.
sch → [ʃ]	Vgl. dazu SB1, L12 und HfU1.

♪ 2 Laute: Übung zu Wörtern mit dem Anfangsbuchstaben c

Solche Tabellenerstellung für „ungewöhnliche" Wörter eignet sich gut für häusliche Arbeit. Wenn das Bedürfnis nach guten Rechtschreibkenntnissen besteht, könnte man in der Lerngruppe eine Wortkartei anlegen lassen, die für Partnerdiktate benutzt werden kann. Oder man vervielfältigt einen „Vokabeltrainer":

1	2	3	4	5	6	7
Centrum						
Computer						
Chor						
circa						

Nach Durchlesen der ausgefüllten Anfangsspalte wird sie nach hinten weggeklappt. Die/Der Partner/in diktiert die Wörter der Reihe nach. Die/Der KT vergleicht anschließend Spalte 2 mit Spalte 1, schreibt fehlerhafte Wörter fehlerfrei in Spalte 3 und wiederholt das Ganze evtl. noch einmal in Spalte 4 etc. Sehr gebräuchlich sind solche Arbeitsblätter für das Lernen von Vokabeln mit folgenden Spalten:

1	2	3	4	5	6	7
Deutsch	Mutter-sprache	Deutsch	Mutter-sprache	Deutsch	Mutter-sprache	Deutsch
Cafe						
circa						
Computer						

Dabei ist die Spalte 1 ausgefüllt, die/der KT schreibt die Übersetzung in Spalte 2 und trägt nicht gewußte Wörter am Ende nach. Dann wird Spalte 1 weggeklappt. Die nun linke Spalte 2 ist die muttersprachliche, und die Spalte 3 kann mit den deutschen Entsprechungen gefüllt werden etc.

♪ 3 Laute: Gegenüberstellung

Die Leserichtung soll von links nach rechts verlaufen. Natürlich kann man zusätzlich auch die Spalten mit Wörtern gleicher Laute lesen und üben lassen. Die KT werden vor allem bei der [ts]-Spalte zu Aussprachefehlern neigen, weil sie – evtl. analog zu ihrer Muttersprache – das *z* nicht als [ts] sprechen. Die/Der KL muß gezielt darauf achten, daß das [t] gesprochen wird und daß der [s]-Laut nicht stimmhaft wird: [s] ≠ [z]!
Der Zungenbrecher enthält als Schwierigkeiten nicht nur die Gegenüberstellung von [s] in *Cotbusser*; [st] in *Post* und *Kasten*, [tst] in *putzt*, sondern auch noch [tʃ] in *Kutscher* und *Postkutschkasten*. Für KT aus romanischen Ländern enthält der Vers noch die weitere Schwierigkeit von [b] und [p]. Vgl. dazu die Anregungen zu speziellen Übungstechniken im HfU zu SB1, L9.
Das Adjektiv zur Stadt Cottbus [kɔtbʊs] ist *Cottbusser* oder *Cottbuser*. Die originale alte Postkarte zeigt die Schreibweise mit einem *s*. Für beide Schreibungen gilt die Aussprache [kɔtbʊsɐ]!

E1 „Nicht für die Schule, sondern für das Leben lernen wir"

Lösungen:
1. Brecht: Kein Erfolg mit dem Radiergummi/Eine Anekdote/Wie überlebt man die Schule?/Ein paar Fehler zuviel/Zwei Möglichkeiten.

Kafka: Schreckliche Schule/Schulweg/Eine Anekdote (?)/Die allmächtige Köchin/Wie überlebt man die Schule?/Jeden Morgen Angst/Zwei Möglichkeiten.

Bei den Überschriften, die die KT für beide Texte angekreuzt haben, diskutieren, warum. Passen sie zu beiden Texten gleich gut? Wodurch unterscheiden sie sich von den anderen Überschriften (größerer Allgemeinheitsgrad)? Wieso können sie ganz unterschiedliche Sachverhalte zusammenfassen? Pragmatisches (Brecht) vs. existentielles (Kafka) Überleben; zwei Möglichkeiten, die Versetzung zu sichern (Brecht) bzw. zwei Möglichkeiten, wie sich die bedrohliche Köchin entscheiden könnte (Kafka).
Falls *Anekdote* bei Brecht und Kafka von den KT als Überschrift gewählt wird, fragen, ob *Anekdote* wirklich zu beiden Texten paßt.

i Anekdote: Knappe, scharfe Form, oft witzige Pointierung, hält merkwürdige oder charakteristische Begebenheit fest.

2. Nach schriftlicher Hausarbeit versuchen, in der Gruppe Konsens herzustellen, was die Hauptinformationen der Texte sind und per Negativverfahren die Überschriften ausschließen, die nach Meinung der Gruppe nicht passen.

E2 Genaues Lesen

1. + 2. + 3a) schriftlich beantworten lassen. 3b) + 4. als Anlaß für etwas größere schriftliche Textproduktion nehmen oder weglassen.

Auf Seite 64 und 65 kommen Kafka, Brecht und Böll vor, zusammen mit Thomas Mann, Hermann Hesse und Günther Grass wahrscheinlich die meistgenannten deutschsprachigen Autoren des 20. Jahrhunderts. Je nach KT-Hintergrund nachfragen, welche anderen modernen deutschsprachigen Autoren sie kennen. Falls bei dieser Sammlung nur männliche Autoren auftauchen, lohnt es sich vielleicht, darauf aufmerksam zu machen, daß allein in den beiden Bänden von SPRACHBRÜCKE eine ganze Reihe von Autorinnen erwähnt (bzw. deren Texte abgedruckt) werden. In Band I: Ingeborg Bachmann, Else Lasker-Schüler, Bertha von Suttner, Christa Wolf (L1, A4), Roswitha Fröhlich (L2, E3), Lea Fleischmann (L10, F1), Ilse Kleberger (L10, F2), Renate Rasp (L10, F3), Mascha Kaléko (L14, B5). In Band II: Luise Rinser (L1, G1), Hilde Domin (L6, B1-B5), Christa Reinig (L7, C1).

F Bewerbung

Wenn sich KT um einen Studienplatz/eine Stelle in Deutschland bewerben wollen, sollte dieser Baustein ausführlicher behandelt werden.

Hinweise zum Arbeitsbuch

Zu Aufgabe 3: Neben den wirtschaftlichen Problemen (und dem Problem der Verstrickung vieler Menschen mit der Staatssicherheit, der „Stasi") war es besonders das Problem der Fremdheit zwischen den Menschen in Ostdeutschland und Westdeutschland, das die Öffentlichkeit nach der Vereinigung sehr stark beschäftigte. Man gebrauchte dafür häufig das Bild von der „Mauer im Kopf": „Die reale Mauer ist gefallen, aber die Mauer in den Köpfen ist größer geworden."

Zu Aufgabe 6, Bild: Schultüten werden häufig im Kindergarten von den Müttern selbst hergestellt. Die Kinder tragen sie stolz am ersten Schultag. In der Schultüte finden sie meist die erste Federtasche (oder: Mäppchen, wie man in Süddeutschland sagt), Buntstifte, Filzstifte, phantasievolle Bleistiftspitzer, andere kleine Geschenke und Süßigkeiten.

Zu Aufgabe 13: Auf keinen Fall sollen hier alle drei Texte von allen KT bearbeitet werden. Echtes Interesse für bestimmte Themen und die Möglichkeit, dementsprechend selbst auszuwählen, erhöhen die Freude an der Fremdsprache und führen zu besseren Lernergebnissen.
Vorschlag zur Durchführung: Die Texte sollen natürlich nicht Zeile für Zeile in indirekter Rede wiedergegeben, sondern für einen mündlichen, möglichst lebendigen Vortrag zusammengefaßt werden. Wenn mehrere Gruppen denselben Text bearbeiten, sollte dennoch nur eine Gruppe (echte Kommunikations-/Vortragssituation: etwas Neues wird berichtet) ihr Ergebnis vortragen, während die zweite Gruppe, die den Text bearbeitet hat, sekundiert und die Ausführungen evtl. präzisiert. Die anderen Gruppen, die den Text nicht kennen, können Fragen stellen. Als Hausaufgabe machen alle die schriftliche Wiedergabe ihres Textes. Diese kann (und soll) sich von der mündlichen Wiedergabe unterscheiden. Die Unterschiede zwischen mündlicher und schriftlicher Wiedergabe des Textinhalts können dann im Unterricht besprochen werden.

Zu Aufgabe 16: Bei Erziehung und (Aus)Bildung eines Menschen wirken durch Elternhaus und Schule auch die in einer Gesellschaft geltenden Normen und Werte mit. Man verwendet hierfür häufig den Begriff „Sozialisation". In dieser Aufgabe wird die Aufmerksamkeit der Lernenden auf einige bei der Sozialisation wirksame Mechanismen gelenkt, so z. B. verschiedene Erziehungsstile

(S. 85 mit Beispielen für einen ziemlich autoritären Erziehungsstil), Ausbildung unterschiedlicher geschlechtstypischer Verhaltensweisen (S. 85), Normen und Werte, wie z. B. Pflichtbewußtsein und opfervolle Entsagung (S. 86 als so verstandene Frauenrolle), der Umgang mit dem Essen, der schon früh lebenslange Verhaltensweisen oder Störungen einübt. (S. 87: Ein Kind, das immer den ganzen Teller leeressen muß, auch wenn es keinen Hunger mehr hat, empfindet auch später häufig wenig Freude beim Essen. Oder es ißt auch später zu viel, weil es verlernt hat, mit dem Essen aufzuhören, wenn der Hunger gestillt ist. Das Ergebnis: dicke Erwachsene.) Die Elemente der Collage zeigen Muster, die in der BRD durchaus üblich sind; sie sollen aber vor allem dazu dienen, diese Muster mit eigenen Sozialisationserfahrungen zu vergleichen und darüber zu sprechen.

Zu Aufgabe 18: Die Bundesrepublik Deutschland ist ein föderativer Staat, die Länderparlamente und Länderregierungen bestimmen in vielen Bereichen (besonders in Bildungswesen und Kultur – es gibt z. B. kein Bundeserziehungsministerium, dagegen ein Kultusministerium in jedem Bundesland), was in „ihrem" Land passiert. Über den Bundesrat wirken die Länder auch an der Gesetzgebung des Bundes und am Bundeshaushalt (Finanzen) mit. Mit der Vereinigung sind fünf neue Länder dazugekommen. Da lohnt es sich, sich noch einmal mit den Namen der Länder und ihrer geographischen Lage zu beschäftigen.
Die Aufgabe verknüpft dieses Lernziel mit einer Leseaufgabe und lenkt die Aufmerksamkeit auch auf die angrenzenden europäischen Nachbarstaaten. Die Aufgabe appelliert an eventuell bereits vorhandenes Wissen nach dem Motto „Da hab ich doch schon mal was gehört! Wie war das noch mal?" und weckt vielleicht Neugier, mehr darüber zu erfahren. Die Aufgabe ist so aufgebaut (Querbezüge), daß sie auch lösbar ist, wenn das hier angesprochene landeskundliche Wissen nicht vorhanden ist.
Übrigens: Nach zwei Jahren Vereinigung sprechen manche Politiker nicht mehr von den „neuen", sondern von den „jungen" Bundesländern im Osten.

Lektion 5		
Thema	Schwierigkeiten beim Übersetzen: Fachtexte, literarische Texte, private Texte Übersetzen als Beruf Übersetzen im Unterricht: Meinungen und Erfahrungen Sprachenvielfalt	A1-A7, D B1 E1 F, H1, H2
Wortschatz	Zusammensetzungen mit *recht*	A2
Grammatik	Satzgliedstellung: Mittelfeld; Ergänzungen mit Rechtstendenz Satzgliedstellung: Negation; Satzverneinung Satzgliedstellung: Negation: Sonderverneinung Negation: kein; nicht Negation: Adverbien Relativsatz: Relativpronomen *welche(r, s); was; wo* Negation: Präfix und Suffix	A8 C1 C2 E2, E3 E5 G H3
Phonetik	Satzgliedstellung: Negation (Sonderverneinung)	
Projekt	Gedichtübersetzung	D

Das allgemeine Thema dieser Lektion heißt: Übersetzen. Es ist vielleicht von Vorteil, sich in diesem Zusammenhang klarzumachen, daß wir zwei sehr verschiedene Tätigkeiten mit dem Wort *übersetzen* bezeichnen:
a) Übersetzung als ästhetisch und sprachlich herausfordernde berufliche Tätigkeit, einen Text von einer Sprache/Kultur in eine andere zu übertragen mit all den damit verbundenen Problemen: Nähe zu den Eigenschaften des ausgangssprachlichen Textes und zugleich angemessene Wiedergabe in den Normen und Bildern der Zielsprache/-kultur; generelle Problematik der Übersetzbarkeit von Texten; Übersetzen als übergreifender Begriff, der auch das „Übersetzen" zwischen verschiedenen Varietäten innerhalb einer Sprache umfaßt, bis hin zur Auffassung, jedes Verstehen sei Übersetzen.
b) Übersetzung als Teil des Sprachlernprozesses und als (oft übergewichtiger) Teil der Prüfungen im institutionalisierten Fremdsprachenunterricht. Hier hat das Übersetzen zum einen eine analytische Funktion: Man kann Äquivalenzen der Muttersprache der KT zu den deutschen Originaltexten zeigen. Ein Übersetzen in die Sprache der KT wird außerdem oft bei der Erarbeitung eines Detailverständnisses von schwierigeren Passagen der Zielsprache hilfreich sein. Zum anderen dient das Übersetzen ins Deutsche dem gelenkten Ausprobieren des bisher erworbenen Sprachvermögens, das zeigt, daß ein einfaches „direktes" Übersetzen oft nicht möglich ist.
Darüber hinaus haben in manchen Ländern Übersetzungen in die Zielsprache als Teil von Sprachprüfungen oft einen Stellenwert, der über den hinausgeht, den sie aufgrund ihrer Bedeutung für den Lernprozeß eigentlich haben müßten.
Die Bausteine dieser Lektion gehen auf die unterschiedlichen Verstehensweisen von „Übersetzung" ein:
A: Konkrete Probleme im Alltag einer Übersetzerin
B: Übersetzen als Beruf
D: Das Konzept Übersetzung
E: Übersetzen im Unterricht
F: Sprachliche Vielfalt in der Welt als Grund für die Notwendigkeit zu übersetzen
H: Problematik des Übersetzens von Begriffen zwischen „weit auseinanderliegenden" Kulturen.
C und G sind Bausteine mit grammatischem Schwerpunkt.

Auftaktseite

Die Auftaktseite zum freien Assoziieren benutzen (sprachliche Vielfalt auf der Welt – Kommunikationsbarriere vs. kultureller Reichtum etc.) oder erst bei F1 (Turm zu Babel) einsetzen.

A1 Aus der Arbeit einer Übersetzerin (1)
A3 Aus der Arbeit einer Übersetzerin (2)
A6 Aus der Arbeit einer Übersetzerin (3)

A1, A3 und A6 sind Teile eines durchgehenden Textes, der dreigeteilt ist, um die Arbeit am Text in Teilschritten zu ermöglichen.

A2 Fachsprache Recht

Lösungen:
1. vor Gericht, Gerichtsdolmetscherin, Gerichtsverhandlungen, Gericht, Rechtssprache, Gesetz, Rechtsempfinden, Angeklagter, verurteilen. (Evtl. auch: beeidigter Urkundenübersetzer/Verhandlungsdolmetscher)
2. der Angeklagte, die Rechtssprache, das Rechtsempfinden, die Gerichtsdolmetscherin. (Falls es bei der *Angeklagte* Probleme bei der Deklination gibt, lohnt sich eine kleine Wiederholung der Deklination substantivierter Adjektive (SB1, Lektion 13, Teil C)
3. die Gerechtigkeit, die Rechtsprache, Recht haben, mit Recht, das Gerichtsurteil, richten, die Gerichtsdolmetscherin, das Gericht, die Gerichtsverhandlung, richtig
4. Von der Übersetzung kann es abhängen, ob ein Angeklagter verurteilt wird oder nicht.

A4 Zwei Zusammenfassungen

Lösung:
B ist die richtige Zusammenfassung.

A5 Aufgaben

↗ Hier kann man zusätzliches Material einsetzen: Die KT können einen deutschen Text zu einem einheimischen Produkt schreiben bzw. einen Werbetext ins Deutsche übersetzen (auch mit Hilfe eines Werbevideos).

A6 Aus der Arbeit einer Übersetzerin (3)

i *Kitsch:* wertlose „Kunstware“. (...) Meist handelt es sich um Werke süßen K.: Werke, die mit primitiven Mitteln schöne Illusionen und Rührung erwecken wollen; auch grobe industrielle Nachahmungen volkstümlicher Kunst, z. B. Andenkenkitsch. (...) Da der Geschmack sich wandelt, werden oft beim Wechsel der künstlerischen Stilrichtungen Erzeugnisse des überholten Stils als kitschig abgelehnt. (...) Eine strenge Scheidung zwischen K. und Kunst ist daher schwer möglich. Im übrigen kann K. in verschiedenen Bereichen (erotischer, polit., religiöser K.) und in allen Kunstgattungen auftreten. (*Brockhaus Enzyklopädie*)

A7 Aufgaben

Lösungen:
1. Die feinsten Unterschiede oder: Man muß aufpassen, daß die Übersetzung nicht kitschig klingt.
2. Eine Sprache mit vielen Bildern.

↗ 5. Fragen, ob man den Barbaramaus-Text kitschig findet. Nachfragen, ob man ihn dann „trotzdem" übersetzen will? Übersetzung nicht aufdrängen. Falls das Thema Liebesbrief bei der KT auf Interesse stößt, überlegen, ob man sich mit dem Deutsch, das man bisher gelernt hat, selbst einen verfassen möchte.

Die Abbildung zeigt einen Briefsteller, ein Buch mit Anleitungen zum Briefeschreiben. Gibt es so etwas in der Kultur der KT? Würde man einen Liebesbrief nach so einem „Rezeptbuch" schreiben?

A8 Ehe oder Beruf?

Lösungen:

Satzgliedstellung im Mittelfeld (2): Ergänzungen mit Rechtstendenz

K

	I	II	Mittelfeld			
		V/V_1	←E	a	E→	V_2
a)	Silvia	war		früher	Dolmetscherin	
b)	Damals	war	sie	selten	zu Hause	
c) Denn	sie	mußte		ständig	zu Kongressen	reisen
d)	Da	ist	ihr Mann	schließlich	ungeduldig	geworden
e) Aber	sie	wollte		nicht	auf ihren Beruf	verzichten

Nominal-, Lokal-, Direktiv-, Adjektiv- und Präpositionalergänzungen haben Rechtstendenz (E).

a) Danach ist sie nach ------- ausgewandert. b) Dort hat sie in ------- gelebt. c) In ------- ist sie ------- geworden. d) Dabei hat sie nicht an ------- gedacht. e) Nach einiger Zeit ist sie ------- geworden.

A9 Kleine Herausforderungen (1)

Die Bedeutungen von *ganz* im Comic:
Oben links: *ganz* Europa: überall in Europa; *ganz* egal: völlig egal. – Oben rechts: *ganz* kaputt: völlig kaputt; es ist noch *ganz*: es ist nicht kaputt. – Unten links: *ganz, ganz* toll: sehr toll – Unten rechts: Danke, *ganz* gut: ziemlich gut/durchschnittlich gut.

B1 Übersetzen als Beruf

Lösungen:
Bild a + Frage C + Beschreibung IV + Definition 3 – Bild b + Frage D + Beschreibung II + Definition 4 – Bild c + Frage A + Beschreibung I + Definition 2 – Bild d + Frage B + Beschreibung III + Definition 1

Zeichnung auf S. 73 diskutieren: Stellt sie den Übersetzungsprozeß richtig dar? Hat der Übersetzer Zeichen von beiden Seiten gleichzeitig?

B2 Kleine Herausforderungen (2): Stille Post

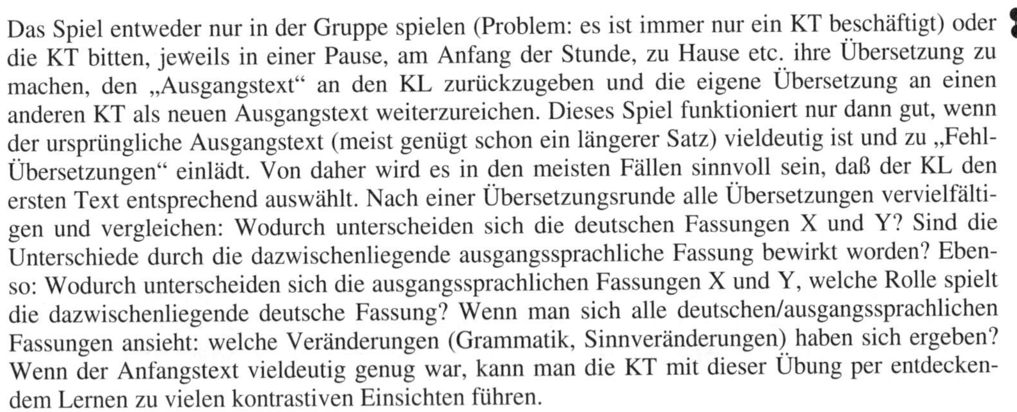

Das Spiel entweder nur in der Gruppe spielen (Problem: es ist immer nur ein KT beschäftigt) oder die KT bitten, jeweils in einer Pause, am Anfang der Stunde, zu Hause etc. ihre Übersetzung zu machen, den „Ausgangstext" an den KL zurückzugeben und die eigene Übersetzung an einen anderen KT als neuen Ausgangstext weiterzureichen. Dieses Spiel funktioniert nur dann gut, wenn der ursprüngliche Ausgangstext (meist genügt schon ein längerer Satz) vieldeutig ist und zu „Fehl-Übersetzungen" einlädt. Von daher wird es in den meisten Fällen sinnvoll sein, daß der KL den ersten Text entsprechend auswählt. Nach einer Übersetzungsrunde alle Übersetzungen vervielfältigen und vergleichen: Wodurch unterscheiden sich die deutschen Fassungen X und Y? Sind die Unterschiede durch die dazwischenliegende ausgangssprachliche Fassung bewirkt worden? Ebenso: Wodurch unterscheiden sich die ausgangssprachlichen Fassungen X und Y, welche Rolle spielt die dazwischenliegende deutsche Fassung? Wenn man sich alle deutschen/ausgangssprachlichen Fassungen ansieht: welche Veränderungen (Grammatik, Sinnveränderungen) haben sich ergeben? Wenn der Anfangstext vieldeutig genug war, kann man die KT mit dieser Übung per entdeckendem Lernen zu vielen kontrastiven Einsichten führen.

C1 Keine Zeit

Lösungen:
Er spricht nicht mit einem wichtigen Kunden. Er verabredet sich nicht mit Dr. Schneider. Er informiert ihn nicht über ein neues Projekt.

Je nach Bedarf können Sie die folgende Übung machen:

Z

Kein Herzinfarkt
Verneinen Sie die folgenden Sätze

Beispiel: Er stand um 6 Uhr auf. – Er stand nicht um 6 Uhr auf.

1. Um 7 Uhr fuhr er mit dem Taxi zum Flughafen.
2. Um 8 Uhr flog er nach Zürich.
3. Um 9 Uhr sprach er mit wichtigen Kunden.
4. Um 12 Uhr flog er nach München.
5. Um 14 Uhr telefonierte er mit einem Geschäftsfreund.
6. Am Nachmittag versuchte er, drei Bücher auf einmal zu lesen.
7. Am Abend ging er mit seinem Chef in ein Restaurant.
8. Um Mitternacht war er kurz vor einem Herzinfarkt.

Lösungen:
1. Um 7 Uhr fuhr er nicht mit dem Taxi zum Flughafen. – 2. Um 8 Uhr flog er nicht nach Zürich. – 3. Um 9 Uhr sprach er nicht mit wichtigen Kunden. – 4. Um 12 Uhr flog er nicht nach München. – 5. Um 14 Uhr telefonierte er nicht mit einem Geschäftsfreund. – 6. Am Nachmittag versuchte er nicht, drei Bücher auf einmal zu lesen. – 7. Am Abend ging er nicht mit seinem Chef in ein Restaurant. – 8. Um Mitternacht war er nicht kurz vor einem Herzinfarkt.

 **C2 Da stimmt nichts**

Phonetik

Das Lernziel auf einen Blick:

♪ Intonation: Das verneinte Satzglied trägt den Satzakzent.

♪ Intonation: Satzgliedstellung – Negation

Die Negation hat Rückwirkungen auf die Intonation: Ein Satzglied, das durch *nicht* verneint wird, wird dadurch hervorgehoben. Von der inhaltlichen Aussage des Satzes her ist unerwartet, daß etwas *nicht* geschieht. Das verneinte Satzglied trägt daher den Haupt-Satzakzent, wird also durch Tonbruch hervorgehoben (Beispiele 1-4).

Sonderfall: Wenn das verneinte Satzglied *nicht* an Position 1 steht (Beispiel 5) muß *nicht* nach hinten treten. In diesem Fall tragen das verneinte Satzglied **und** *nicht* je einen Akzent. Beide müssen also durch Tonbruch akzentuiert werden.

Hinweis: Der häufigere Fall scheint der steigend-fallende Tonbruch zu sein. Es lassen sich aber auch fallend-steigende Tonbrüche beobachten. Wichtig ist, daß die KT überhaupt einen deutlichen Melodiesprung in ihrem Sprechen verwirklichen.

Beispiel:

Lehrbuchmarkierung: Nicht /sie\ hat die Urkunden heute übersetzt, ... (sondern ihr /Mann\.)

Auch möglich: Nicht \sie/ hat die Urkunden heute übersetzt, ... (sondern ihr /Mann\.)

Lösungen:

1. Nicht der junge /Mann\ hat die Kinder auf seiner Burg gefressen.

   Der junge Mann hat nicht die /Kin\der auf seiner Burg gefressen.

   Der junge Mann hat die Kinder nicht auf seiner /Burg\ gefressen.
2. Der Drache ist nicht ins /Dorf\ gekommen.
3. Nicht die /El\tern der Kinder haben ihn begrüßt.

   Je nach Aussageabsicht auch:

   Nicht die Eltern der /Kin\der haben ihn begrüßt.

   Die Eltern der Kinder haben nicht /ihn\ begrüßt.
4. Nicht sein /Hahn\ hat den jungen Mann gefressen.

   Sein Hahn hat nicht den jungen /Mann\ gefressen.

   Sein Hahn hat den jungen Mann nicht ge/fres\sen.
5. Dann hat nicht der /Dra\che im Dorf das Restaurant gekauft.

   Dann hat der Drache nicht im /Dorf\ das Restaurant gekauft.

Da – anders als bei den Sätzen 1-3 im Kasten – bei diesen Übungssätzen keine Ergänzung vorgegeben ist (wie dort durch die Pünktchen angedeutet), ist die hier angegebene Tonbruchrichtung (steigend-fallend) die übliche.

D Übersetzungen?

In diesem Baustein wird das Konzept *übersetzen* diskutiert.

Mögliches Vorgehen 1:
Text 2 mit Text und Bild (*Goethe* und *Wössner 1980* abdecken) über Tageslichtprojektor an die Wand projizieren und zusammen überlegen, aus welcher Zeit der Text stammt, was an ihm wichtig/interessant ist, wovon er handelt etc. (von KT werden evtl. die folgenden Assoziationen ins Gespräch gebracht: Waldsterben, bedrohlich, Ende des Lebens, typisch deutscher Pessimismus, aktuelles Gedicht).
Danach Text 1 (*Goethe* abdecken) zeigen, dieselben Fragen stellen. Spekulationsergebnisse zu 1 und 2 vergleichen, Quellen angeben, auf die Interpretationsmuster des KT eingehen, wo nötig, Ausgangssprache zulassen. Es ändern sich nur die grafische Repräsentation (Druck vs. Handschrift) und der Kontext (intakte vs. zerstörte Natur, unterschiedliche Bildgestaltung). Normalerweise würde man hier nicht von einer Übersetzung sprechen. Diskutieren, wodurch die unterschiedlichen Interpretationen zustande kommen und ob es gerechtfertigt ist, Text 2 als Übersetzung von Text 1 zu bezeichnen.
Mögliches Vorgehen 2:
umgekehrte Reihenfolge (1, dann 2), aber gleiches Verfahren (Autorennamen abdecken, spekulieren, vergleichen).
Mögliches Vorgehen 3:
Bei geöffnetem Buch die Aufgaben *a)* und *b)* lösen, danach auf das Verhältnis der beiden Text/Bild-Kombinationen eingehen.
Anschließend Aufgaben *c)* und *d)* behandeln und fragen, nach was für Kriterien man ein Gedicht übersetzen soll. Danach Übersetzung des Gedichts in die Sprache der KT hinzuziehen, Übersetzung diskutieren. Falls die Übersetzung kritisiert wird – und bei Interesse der KT – als Projekt eine neue Übersetzung versuchen, ansonsten zu *e)* übergehen. Falls es keine Übersetzung von Goethes Gedicht in die Sprache der KT geben sollte, eine versuchen, wenn die KT motiviert sind (Herausforderung, tatsächlich etwas Neues zu produzieren).

Lösungen:
a) Wipfel – schweigen – Hauch – Gipfel

E1 Übersetzen im Unterricht

Lösungen:
für: gute Übung/man merkt, was man nicht einfach mit einem Wort in die eigene Sprache übersetzen kann/Fehler gehören zum Lernen (?)
gegen: kein Satz ist richtig/zu viel Arbeit mit dem Wörterbuch/man vergleicht immer Sprachen und bekommt deshalb kein Sprachgefühl/gibt immer falsche Ausdrücke/man trifft nie den Stil des Originals/zu viel Bedeutung im Examen
Anlässe für Diskussionen im Unterricht: Übung/Verhältnis zu „richtigen" Übersetzungen/Rolle im Examen/verschiedene Arten des Umgangs mit Übersetzungen im Unterricht.

E2 Kein oder nicht?

Z

Falls bei den KT Probleme auftauchen, Negationen zu erkennen, kann es sinnvoll sein, Sätze wie die folgenden entweder zu übersetzen oder zu fragen, ob sich in ihnen eine Negation befindet und was und wie negiert wird.

Sie macht es nicht ungern.
Kann er nicht endlich mal den Mund halten?
Bis auf einen haben alle die Prüfung bestanden.
Es war niemand da, der widersprochen hätte.
Er wäre fast gestorben.
Das ist nicht anders als bei uns.
Er ist zu schüchtern, um sie zu fragen.
Er lacht anstatt zu antworten.
Sie liest, ohne auf die Kinder zu achten.
Er hat nicht nur geheiratet, sondern auch Examen gemacht.
Er hat kaum geschlafen.
Wir finden sie weder hier noch dort.
Sie hat keine Zeit mehr.
Er hat das Buch nicht ohne Interesse gelesen.
Es war mir unmöglich, an der Sitzung teilzunehmen.

E3 Widersprechen

Lösungen:
1. Übersetzen ist keine gute Übung. – 2. Übersetzen gibt keine Sicherheit im Umgang mit der fremden Sprache. – 3. Man versteht nicht jedes Wort des übersetzten Textes. – 4. Schüler haben keine Lust zu übersetzen. – 5. Beim Übersetzen gibt es nicht immer nur eine Lösung. – 6. Um übersetzen zu können, muß man nicht/kein Berufsdolmetscher sein (..., braucht man kein Berufsdolmetscher zu sein). – 7. Für den Anfänger ist übersetzen nicht eine/keine zu schwere Übung. – 8. Nicht jeder Satz wird falsch.

E4 Erfahrungen und Meinungen

Weglassen, falls das schon bei E1 diskutiert wurde.

E5 Verneinen – ablehnen – widersprechen

Lösungen:
1. noch; nicht mehr 2. schon; noch nicht; sogar schon; nicht einmal 3. noch; keine Übung mehr

E6 Kleine Herausforderungen (3): Übersetzerspiel

Schnell und zügig spielen, nicht zu lange ausdehnen.

F1 Der Turm in Babel

Falls die Bilder oben auf der Seite einen Gesprächsanlaß ergeben, evtl. die Auftaktseite hinzuziehen.

Lösungen:
gleich: 1, 3, 4, 5; ungleich: 2, 6

Falls Diskussionen aufkommen, ob alle Gleichen wirklich gleich sind, am Beispiel von 3 und 5 diskutieren, inwieweit man von Bedeutungsgleichheit überhaupt sprechen kann (einsprachig/gemeinsame Sprache: kann gleich sein, muß aber nicht: auch wenn alle Menschen eine gemeinsame Sprache hätten, könnten sie noch andere, verschiedene haben).

F2 Was steht wo?

Lösungen:
a) in Babylonversion behandelt – b) in Chin-Version behandelt – c) in der Bibel-Version behandelt; die Antworten für die beiden anderen Fassungen bedürfen einer Diskussion. Chin: wird behandelt, falls man den *Geist im Mond* als Gott interpretiert. Babylon: wird behandelt, falls man das Lehren verschiedener Sprachen als *Sprache verwirrt* interpretiert. – d) wird in der Bibel und in der Chin-Version behandelt – e) wird in allen drei Versionen behandelt.

G: Limerick

i *Rüdesheim* ist ein bekannter Weinort am Rhein zwischen Mainz und Koblenz, der ein beliebtes Touristenziel ist.

Lösungen:
1. was; 2. die/welche; 3. wo/bei der

H1 Hund ist nicht Hund
H2 Aufgaben

Lösungen:
Aufgabe 1: Hund bezeichnet etwas Konkretes (aber auch dabei sind verschiedene Assoziationen möglich).
Aufgabe 3: Es gibt in vielen Sprachen keine direkte Übersetzung.

H3 Negation (7): Präfix und Suffix

Lösungen:
nicht gefährlich/fehlerlos/ohne Freude/nicht lösbar/ungewollt/ohne einen Kuß/arbeitslos

Hinweise zum Arbeitsbuch

Zu Aufgabe 3: Der Traum einer jeden Werbeagentur wäre es, wenn für ein Produkt weltweit mit ein und derselben Anzeige oder Werbekampagne geworben werden könnte. Daß dies eher die Ausnahme als die Regel ist, liegt daran, daß ein und dieselbe Werbung bei national und kulturell unterschiedlichen Zielgruppen ganz unterschiedlich „ankommt" oder eben nicht „ankommt". Die Werbung muß, um den erwünschten Effekt zu erreichen, genau auf die heimlichen Gefühle, Wünsche, Erwartungen der Kundschaft zielen; sie muß sich einer „Sprache" bedienen, die von der Zielgruppe im erwünschten Sinne verstanden wird. Werbung entfaltet ihre Wirkung immer vor dem historischen und kulturellen Hintergrund eines Landes. Weltweit bekanntes Beispiel dafür ist die international geschaltete Werbekampagne der Bekleidungsfirma Benetton, die unter dem Motto *All colours of the world* das Miteinander verschiedener Rassen, Vertrauen und Zärtlichkeit thematisieren soll. So wurde zum Beispiel das Bild einer schwarzen Frau, die ein weißes Baby stillt, in den USA, wo Generationen schwarzer Frauen gezwungen waren, die Kinder der weißen Frauen zu stillen, während ihre eigenen Kinder fast verhungerten, abgelehnt. In Deutschland gab es mit dieser Aufnahme weniger Probleme.
Die Beispiele im Arbeitsbuch stellen im Zusammenhang mit dem Text von A 3 im Kursbuch konkretes Anschauungsmaterial dar.

Zu Aufgabe 4: Die gezeichneten Puzzleteile passen ineinander. Sie könnten kopiert, ausgeschnitten und zusammengesetzt werden.

Zu Aufgabe 11: Auch bei dieser Aufgabe soll der tatsächliche Ausgang des Märchens noch offen bleiben (siehe auch Anmerkung zu Lektion 1, Übung 18), da in Lektion 10 Übung 19 noch eine Schreibaufgabe damit verknüpft wird. In den Hinweisen zu Lektion 10 (S. 117) finden Sie dann auch die Grimm'sche Fortsetzung des Märchens abgedruckt.

Zu Aufgabe 17: Der Handtaschenraub per Fahrrad oder Motorrad hat in den Randgebieten der großen deutschen Städte (Anonymität, ruhigere Straßen, in denen man per Rad oder mit leichteren Motorrädern nahe genug am Bürgersteig fahren kann) seit einigen Jahren stark zugenommen. Die Opfer sind meist ältere Frauen, die Täter Jugendliche oder junge Männer.

Zu Aufgabe 20, 3: Ausländische Besucher der Bundesrepublik Deutschland wundern sich manchmal über eine Ansammlung von Gartenzwergen und Märchenfiguren in deutschen Vorgärten und vor allem in Schrebergärten. Es gibt einen ganzen Industriezweig, der solche kleinen Figuren herstellt und mit durchaus individuellen Gesichtszügen ausstattet. Manche Leute (und nicht nur in Deutschland) haben ihre Freude an den kleinen Figuren, von anderen Leuten werden sie deshalb belächelt. Es gibt sogar eine „Internationale Vereinigung zum Schutz der Gartenzwerge" (IVZSG) mit Sitz in Basel/Schweiz. Ursprünglich kommt der Gartenzwerg aus der Türkei; er kam über

Venedig um 1420 bis an den Rhein. Übrigens: Der Gartenzwerg ist niemals eine Frau, nur Schneewittchenfiguren dürfen ihm im Garten Gesellschaft leisten. Die für diese Aufgabe erfundene Rede enthält in leichter Übertreibung einige typische Merkmale eines Redestils, den man bei Festessen, Familienfesten, Vereinsfesten u. a. hören kann. Was die Übersetzung so schwer macht, ist vor allem die deutsche Satzklammer (das wichtigste Verb erscheint erst in der 8. Zeile). Politische Redner, die internationale Redesituationen mit Übersetzern gewohnt sind, heben deshalb häufig die Satzklammer auf, indem sie Verbteile oder wichtige sinnstiftende Satzteile nach vorne ziehen.

Zu Aufgabe 21: Es handelt sich um eine Fabel mit sehr deutlich chronologisch erzählendem Aufbau: *Es war einmal ... Da kam ... Da dachte er ... Da stach ...* Die Aufgabe soll zeigen, daß Textsorten an ihrer Textstruktur erkennbar sind, und sie soll die Aufmerksamkeit auf „textgrammatische Elemente“ (Satzanschlüsse, Wechsel zwischen Nomen und Stellvertretern) lenken, die für das Schreiben eigener Texte wichtig sind.

Notizen

Lektion 6		
Themen	Heimat und Fremde: Definitionen und Meinungen Sprache als Heimat Flucht, Verfolgung, Exil Deutsche im Ausland Fragebogen: Heimat (Max Frisch)	A, F B1-B3 B1-B3, B7, C2, C5, D B1-B3, D4, E F
Wortschatz	Heimat	A2
Grammatik	Plusquamperfekt Temporale Nebensätze: Zeitenfolge Temporalangaben. Präpositionen (mit Genitiv, Dativ) und Subjunktoren *vor* und *seit* Temporalangaben: Kasus besondere Perfektformen	B4, B5 B6 C1-C4 C3 C6 E2
Phonetik	Intonation: Gedicht	
Projekt	Flüchtlinge	D4

Auftaktseite

Oben links: Filmplakat: Heimatfilm

i Aus Buchers Enzyklopädie des Films von 1977: Der vollkommen unpolitische deutsche Heimatfilm entsprach in seinem konservativen Geist, in seiner Verbindung von edlem Menschentum, Treue und Glauben an die Allmacht des Schicksals ganz der Denkweise des Bürgers im beginnenden Wirtschaftswunderland. Die Vergangenheit war nur noch ein dunkler Schatten, die Heimat war wieder sauber, schön und die Probleme waren überschaubar wie die weiten Wiesen und Felder.

Oben rechts:

i An den Waggons der Deutschen Bundesbahn hängt ein Schild, das anzeigt, wo die Waggons „zu Hause" sind, von wo aus sie eingesetzt werden. Dies ist ihr Heimatbahnhof. (Hier Emden – Stadt in Ostfriesland, im Nordwesten Deutschlands, ca. 50.000 Einwohner.)

Dieses Foto während des A-Teils heranziehen mit der Frage: Kann eine Sache eine Heimat haben?

Unten links: Wohnsiedlung der Wohnungsbaugesellschaft *Neue Heimat.*

i Die Neue Heimat = lange Zeit die größte Wohnungsbaugesellschaft Europas, von den deutschen Gewerkschaften 1926 gegründet; in den 80er Jahren gab es den Neue Heimat-Skandal, der zur Folge hatte, daß der Wohnungsbestand der Neuen Heimat verkauft wurde, und der zu einer Glaubwürdigkeitskrise der Gewerkschaften führte.

Unten rechts:

i Ostpreußen: ehemalige preußische Provinz, nach 1945 Teil der Sowjetunion (Baltikum) und Polens. Bis 1945 bestand die Bevölkerung Ostpreußens fast ausschließlich aus Deutschen, die das Land nach dem Ende des Zweiten Weltkriegs verlassen mußten (Flüchtlinge, Vertriebene). Das Inserat wirbt für eine Reise in das Gebiet.

Eine aktuelle und eine historische Karte in den Unterricht mitbringen. Auf den Karten die im Text angesprochenen Orte suchen lassen: welche Namen findet man auf welcher Karte? Befinden sich die genannten Orte in Ostpreußen? Danach überlegen, warum diese Orte trotzdem unter der Überschrift *Alte Heimat Ostpreußen* auftauchen. An wen richtet sich die Anzeige? Steht eine politische Absicht hinter dieser Anzeige? Nur aus dem Wort *ferner* kann man herleiten, daß Vilnius etc. nicht zu Ostpreußen gehören. All dies gibt Anlaß für politisch brisante Diskussionen – aber nur, wenn es bei den KT auf Interesse stößt. Ansonsten weglassen.

A1 Heimat und Fremde

Zyklische Wiederaufnahme eines Themas. Für KT, die schon mit Band 1 von SB gearbeitet haben, sind die Texte von A1 „alte Bekannte". Evtl. an einige Textstellen zurückgehen und dabei feststellen, was man doch für große Lernfortschritte gemacht hat.
Es handelt sich um Textausschnitte aus:
Oben links: L7, B5 – Oben Mitte: L15, B1 – Kiesewetter-Text: L6, A7 – Koestler-Text: L15, A2 – Cartoon: L5, A1 – Handschriftlicher Text links: L11, B1 – Kim Lan Thai-Text: L 11, Auftaktseite – Valentin-Text: L13, C1

Für alle KT: Texte als Anlaß nehmen (zusammen mit der Auftaktseite), um der Bedeutung des deutschen Wortes *Heimat* auf die Spur zu kommen. Aus A1, Auftaktseite und eigenen Beiträgen ein großes Assoziogramm zu *Heimat – Fremde* erstellen und dann überlegen, welche der Assoziationen positiv, negativ oder auch neutral sind. Darüber spekulieren, ob und inwieweit sich die eigenen Zuordnungen mit denen von muttersprachlichen Sprechern des Deutschen decken. Erarbeitung des Heimat-Begriffs durch die Texte von A2 und A3 erweitern.

A2 Definitionen aus dem Lexikon

A3 Was ist Heimat? Meinungen von Deutschen

Die Aufgaben *a)* und *b)* von A2 sollten eine weitere sprachliche Klärung ermöglichen, die Texte in A3 (Relativität des Heimatbegriffs; brauche kein Heimatland; Heimat als Ort, wo man sich wohlfühlt, also nicht unbedingt immer derselbe Ort) sollten eine weitere inhaltliche Klärung erlauben und die KT dazu bringen, ihre eigene Position (Aufgabe *b)* von A3) zu erklären. Je nachdem, wie groß/klein das Interesse der KT an einer solchen Auseinandersetzung mit dem Heimatbegriff ist, könnte man sie noch erweitern durch:

Z a) den Begriff *Sprachheimat* (auch als Überleitung zum B-Teil) am Beispiel eines Zitats von Günter Grass auf die Frage, was für ihn Heimat sei:

Bei mir ist es Danzig. Und eigentlich zuallererst die Sprache, der Dialekt und all das, was damit zusammenhängt: Die Art und Weise zu sprechen, Dinge zu benennen, ruft bei mir Heimat und Heimaterinnerung wach. Und gleichzeitig natürlich auch mit dem Verlust dieser Sprache und dieses Dialektes den Verlust von Heimat. Wie einem ja Heimat nur dann bewußt wird, wenn man sie verliert. Vorher ist sie etwas Selbstverständliches, das da ist, auf das man zurückgreifen kann, aber nicht unbedingt zurückgreift.

Z b) oder einen etwas provokativen Text, in dem einer abstrakten Vaterlands-/Heimatliebe die Liebe zu einem konkreten Menschen entgegengestellt wird, wie z. B. in dem folgenden Auszug aus Friedrich Dürrenmatts Komödie *Romulus der Große*. Rea ist die Tochter von Romulus, des letzten Kaisers von Rom.

REA: Ich muß ihn verlassen, um meinem Vaterland zu dienen.
ROMULUS: Das ist leicht gesagt.
REA: Das Vaterland geht über alles.
ROMULUS: Siehst du, du hast doch zu viel in den Tragödien studiert.
REA: Soll man denn nicht das Vaterland mehr lieben als alles in der Welt.
ROMULUS: Nein, man soll es weniger lieben als einen Menschen. Man soll vor allem gegen sein Vaterland mißtrauisch sein. Es wird niemand leichter ein Mörder als ein Vaterland.
REA: Vater!
ROMULUS: Meine Tochter!
REA: Ich kann doch das Vaterland unmöglich im Stich lassen.
ROMULUS: Du mußt es im Stich lassen.
REA: Ich kann nicht ohne Vaterland leben!
ROMULUS: Kannst du ohne den Geliebten leben: Es ist viel größer und viel schwerer, einem Menschen die Treue zu halten als einem Staat.
REA: Es geht um das Vaterland, nicht um einen Staat.
ROMULUS: Vaterland nennt sich der Staat immer dann, wenn er sich anschickt, auf Menschenmord auszugehen.

B1: Hilde Domin – Eine Sprachodyssee

Lösungen:
1. 1912 Geburt – 1932 Exil: Italien, England – 1940-1954 Dominikanische Republik – ab 1948 Dozentin für Deutsch in Santiago – 1951: „Zweite Geburt“ in der Sprache – 1954: Rückkehr nach Deutschland – 1959: Erscheinen des ersten Gedichtbandes: *Nur eine Rose als Stütze*

i

Weitere Informationen zum Leben Hilde Domins, die nicht in B1 stehen:
Vor 1932: Studium (Jura, Nationalökonomie, Soziologie und Philosophie). 1936: Eheschließung mit Walter Palm (Studium: Philologie, Archäologie) und Übersetzungstätigkeit für seine wissenschaftlichen Arbeiten. 1954-1960: Rückkehr nach Deutschland. Wohnen in „möblierten Zimmern“, literarische Produktion. 1960: Palm nimmt Lehrtätigkeit in Heidelberg auf. 1961: Hilde Domin zieht nach Heidelberg, nachdem sie die erste Fassung des Romans *Das zweite Paradies* in Madrid abgeschlossen hat. Von 1962-1982 ca. 20 öffentliche Lesungen pro Jahr, viele Auszeichnungen.

i

Die im Lehrbuch in Auszügen wiedergegebenen Gedichte *Wo steht unser Mandelbaum* und *Nur eine Rose als Stütze* lauten vollständig:

Wo steht unser Mandelbaum

Ich liege
in deinen Armen, Liebster,
wie der Mandelkern in der Mandel.
Sag mir, wo steht
unser Mandelbaum?

Ich liege in deinen Armen
wie in einem Schiff,
ohne Route noch Hafen,
aber mit Delphinen am Bug.

Unter unserem Rücken
ein Band von Betten,
unsere Betten in den vielen Ländern,
im Nirgendwo der Nacht,
wenn rings ein fremdes Zimmer versinkt.

Wohin wir kamen
– wohin wir kommen, Liebster,
alles ist anders,
alles ist gleich.

Überall wird das Heu
auf andere Weise geschichtet
zum Trocknen
unter der gleichen
Sonne.

Nur eine Rose als Stütze

Ich richte mir ein Zimmer ein in der Luft
unter den Akrobaten und Vögeln:
mein Bett auf dem Trapez des Gefühls
wie ein Nest im Wind
auf der äußersten Spitze des Zweigs.

Ich kaufe mir eine Decke aus der zartesten Wolle der
sanftgescheitelten Schafe die
im Mondlicht
wie schimmernde Wolken
über die feste Erde ziehn.

Ich schließe die Augen und hülle mich ein
in das Vlies der verläßlichen Tiere.
Ich will den Sand unter den kleinen Hufen spüren
und das Klicken des Riegels hören,
der die Stalltür am Abend schließt.

Aber ich liege in Vogelfedern, hoch ins Leere gewiegt.
Mir schwindelt. Ich schlafe nicht ein.
Meine Hand
greift nach einem Halt und findet
nur eine Rose als Stütze.

B2 Hilde Domin – Autobiographisches

Lösungen:
1 = Zeilen 38-42 (oder 46-48) – 2 = Zeilen 23-28 – 3 = Zeilen 6-9

B3 Gedicht und Autobiographie

Falls das Interesse der KT bei B1 und B2 nicht besonders groß war, B3 weglassen.

B4 Vergangenheit

Lösungen:
zu ergänzen: Plusquamperfekt = Präteritum von *haben/sein* + Partizip II

B5 Abgeschlossene Vorgänge in der Vergangenheit

Lösungen:
1.
Nachdem sie nach Italien gezogen war, schloß sie (dort) ihr Studium ab.
Nachdem sie in Italien ihr Studium abgeschlossen hatte, verdiente sie sich ihren Lebensunterhalt mit Übersetzungen.
Nachdem sie sich in Italien ihren Lebensunterhalt mit Übersetzungen verdient hatte, zog sie 1939 nach England um.
Nachdem sie 1939 nach England umgezogen war, arbeitete sie fast zwei Jahre lang an einem College.
Nachdem sie fast zwei Jahre lang an einem College in England gearbeitet hatte, lebte sie von 1940 an in der Dominikanischen Republik.
Nachdem sie von 1940 an (oder seit 1940) in der Dominikanischen Republik gelebt hatte, kehrte sie 1954 nach Deutschland zurück.

2.
Hilde Domin lebte von 1940 an in der Dominikanischen Republik. Vorher hatte sie fast zwei Jahre lange an einem College in England gearbeitet.
Sie arbeitete fast zwei Jahre lang an einem College in England. Vorher war sie 1939 nach England umgezogen.
Sie zog 1939 nach England um. Vorher hatte sie sich ihren Lebensunterhalt mit Übersetzungen in Italien verdient.
Sie verdiente sich ihren Lebensunterhalt mit Übersetzungen in Italien. Vorher hatte sie dort ihr Studium abgeschlossen.
Sie schloß ihr Studium in Italien ab. Vorher war sie 1932 dorthin gezogen.
Sie zog 1932 nach Italien um. Vorher hatte sie ihre Jugend in Deutschland verbracht.

Statt *vorher* kann man auch in allen Sätzen *zuvor* verwenden. In Sätzen mit einer konkreten Jahresangabe ist dies sogar sprechüblicher.

B6 Temporale Nebensätze: Zeitenfolge

Lösungen:
2.
Zeile 10-12: war im Exil gewesen, bevor sie ... zurückkehrte: zuerst – danach (Nebensatz steht hinten.)
Zeile 29-32: nachdem ... gelebt ... unterrichtet hatte, wechselte sie ...: zuerst – danach (Nebensatz steht vorn.)
Zeile 38-40: seit sie angefangen hatte ..., war ... geworden: gleichzeitig (Nebensatz steht vorn.)
Achtung: *Seit* in Zeile 8: *seit dieser Zeit* ist eine Präposition.

B7 Flucht – Verfolgung – Exil

Lassen Sie Ihre KT erzählen, wer die einzelnen Szenen beobachtet und welche Schlüsse Bewegungen, Gestik und Mimik auf die Verfassung der Figuren zulassen. Wenn auch nicht so existentiell wie hier, so hat doch sicher mancher ähnliche Erfahrungen gemacht, wie sie – wenigstens einem Teil – dem Zyklus entsprechen: Angst – Hoffnung – Enttäuschung.

i Der Bilderzyklus ist betitelt (von links nach rechts): *Flucht – Nacht über Deutschland – Die Bürokratie*. Alle drei sind Linolschnitte. Der Linolschnitt war durch die harten Licht-Schatten-Wirkungen, die sich mit ihm erzielen lassen, ein verbreitetes Ausdrucksmedium expressionistischer Kunst. Alles ist scharf konturiert, dabei aber immer im Zwielicht.

i Die drei Linolschnitte stammen von Clement Moreau (= Carl Meffert). 1903 in Koblenz geboren. Lebte in Berlin, Paris, Zürich, Buenos Aires, Patagonien/Argentinien. Als Antifaschist und Sozialist war er häufig auf der Flucht. M. über sich selbst: „Man könnte von meinem Leben eigentlich sagen: Von Beruf bin ich Emigrant. Wo ich auch hinkam, nach kurzer Zeit mußte ich als Emigrant wieder weg."

C1 Temporalangaben
C2 ???

Lösungen:
vor – während – nachdem – als – nachdem – bevor – nachdem – als – seit – seit

Aufgaben:

3. Akzeptabel sind alle Überschriften, die darauf verweisen, daß hier jemand zwischen zwei Ländern stand, z. B.: Zwischen zwei Nationen, ein französischer Deutscher, ein europäischer Dichter?, Vaterlandslos? usw.
4. Als mehrsprachige Autoren, als Autoren, die außerhalb des deutschsprachigen Raums ihre Wurzeln haben und auf deutsch schreiben, stehen sie in der Tradition Chamissos.

Z Ein Text, der zum Grammatikstoff des C-Teils paßt und der nicht so weit in die deutsche Literaturgeschichte zurückgeht: Rudolf Otto Wiemers *Zeitsätze* (s. SB2, Arbeitsheft Lektionen 6-10, S. 84).

C3 vor und seit

Lösungen:
1. vor ... Jahren; 2. und vor ... Jahren; 3. seit ... Jahren; 4. vor ... Jahren; 5. seit ... Jahren; 6. vor ... Jahren

C4 Abläufe

Diese Aufgabe kann man schriftlich als Hausaufgabe machen lassen.

C5 Überall ein Fremder

Dieser häufig auf deutsch zitierte Chamisso-Text wurde von Chamisso ursprünglich auf französisch geschrieben.

Lösungen:

K

1.

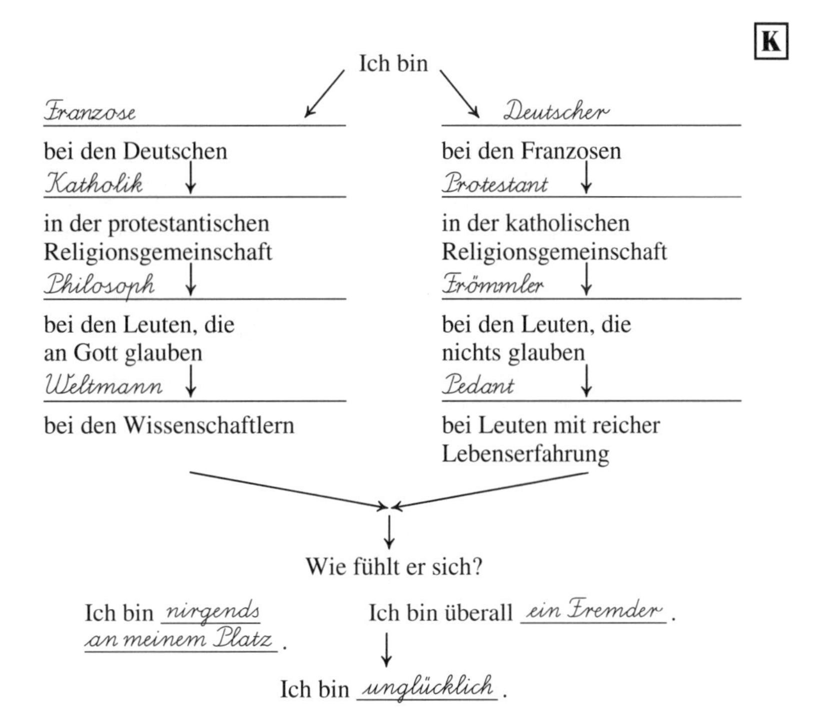

2. Sie passen zu seinem Leben bis zu dem Zeitpunkt, wo er sich endgültig für Deutschland entscheidet (Text C2, Zeile 5-32). In Gruppen von KT, in denen die Problematik der eigenen Identität im Leben zwischen verschiedenen Kulturen von Bedeutung ist, diskutieren, ob die Antwort nicht *sein ganzes Leben lang* heißen müßte.

C6 Wann?

Lösungen:
1. *zu* + Dativ; *vor* + Dativ; *seit* + Dativ; *von ... bis zu* + Dativ; *mit* + Dativ; *während* + Genitiv
2. in B1: zu ihrem Geburtstag (*zu* + Dativ); mit 40 Jahren (*mit* + Dativ); 22 Jahre; 1954; 1959; damals; in den Jahren des Exils (*in* + Dativ); in Gegenwart von Engländern (*in* + Dativ); zwei Jahre lang; von 1950 bis 1954; 1948
in C1: 1985; vor mehr als 200 Jahren (*vor* + Dativ); während der Französischen Revolution (*während* + Dativ); 1789; 1801; von 1815 bis 1818; seit dieser Zeit (seit + Dativ); 1823, heute

Phonetik

Die Lernziele auf einen Blick:

♪1 Intonation:	Die Wirkung eines Gedichts beruht auch auf einer angemessenen Intonation. Die Intonation im Gedicht kann von den Grundregeln der Satzintonation bei Prosatexten abweichen.
♪2 Intonation:	Je nach Interpretation eines Gedichts sind unterschiedliche Intonationen möglich.

♪ 1 Intonation: Gedicht

Die „Grundtendenzen der Satzmelodie" gelten für „normales" Sprechen. Früher haben wir bereits gezeigt, daß die Tonbrüche auch dabei verschieden liegen und unterschiedliche Richtungen aufweisen können. Die Akzentuierung der Wörter im Satz hängt vom Inhalt der Aussage ab, die der Sprecher dem Zuhörer übermitteln will. Gedichte wollen den Leser/Hörer auf besondere Weise aufmerksam machen, ihn zum Nachdenken anregen, z. B. durch Wortwahl und Reim. Die/Der Vortragende muß sich daher auch besondere Gedanken zur Intonation machen. Was will der Dichter oder: Was will ich, die/der Vortragende ausdrücken? Was sollte daher betont werden? Hier gibt es oft mehrere Möglichkeiten.
Wichtig ist, daß die KT erfahren, daß es **die** richtige Intonation oft nicht gibt. Gerade Gedichte können durchaus verschieden intoniert werden, je nach Sichtweise und Interpretation der Leser bzw. Vortragenden. Durch verschiedenartige Intonation kann die inhaltliche Aussage eines Satzes, seine kommunikative Bedeutung, können selbst Syntax und Lexik variiert werden. Intonation kann sogar syntaktische und lexikalische Regeln außer Kraft setzen. Verfasser von Gedichten nutzen solche Möglichkeiten, um die Leser und Hörer auf eine bestimmte Aussage aufmerksam zu machen.
Spielen Sie die Cassette mit dem Gedicht *Kanon* mehrmals vor. Den Vorteil der Wiederholbarkeit sollte man vor allem bei Ausspracheübungen intensiv nutzen! Da der Sprecher des Gedichts von Beruf Schauspieler ist, hat er sich für die vorgetragene Intonation bewußt entschieden. Sie ist folgendermaßen zu hören:

Kanon

Das ist die /Not der /schweren /Zeit!

Das ist die /schwere \Zeit der Not!

Das ist die /schwere Not der \Zeit!

Das ist die /Zeit der /schweren \Not!

Die/Der KL könnte beispielhaft zeigen, daß eine gleichartige Betonung jeder Zeile – was nach den bisher dargestellten Regeln durchaus „richtig" wäre – bei einem Gedicht zu Langeweile führt. Gerade der Rhythmus in Gedichten kann zu dieser Gleichartigkeit verleiten (und insbesondere jüngere Kinder lesen Gedichte oft in dieser Weise, wobei sie glücklich sind, ein Gefühl für den Rhythmus gefunden zu haben). Bei dem hier vorgestellten Chamisso-Gedicht sähe eine nach den bisherige Regeln korrekte, aber monotone und daher hier „falsche" Intonation folgendermaßen aus:

Kanon

Das ist die /Not der schweren \Zeit!

Das ist die /schwere Zeit der \Not!

Das ist die /schwere Not der \Zeit!

Das ist die /Zeit der schweren \Not!

Vergleichen Sie damit noch einmal die Cassettenaufnahme mit dem professionellen Sprecher.

♪ 2 Intonation: Gedicht vortragen

Es kann durchaus sein, daß die KT oder Sie eine andere Interpretation und damit auch eine andere Intonation bevorzugen. Arbeiten Sie in zwei Schritten: zuerst auf jeden Fall die Imitation des mit Sicherheit „richtigen" Vortrags auf der Cassette. Überlegen Sie dann gemeinsam, welche anderen Akzentuierungen auch möglich wären und notieren Sie die entsprechenden Tonbrüche an der Tafel oder auf dem Overheadprojektor. Denkbar wäre z. B.

Kanon

Das ist die /Not der schweren \Zeit!

Das ist die /schwere /Zeit der \Not!

Das ist die /schwere \Not der Zeit!

Das ist die /Zeit der schweren \Not!

Als Erweiterungsmöglichkeit könnten die KT andere deutsche Gedichte „angemessen" vortragen. (Üben lassen!) In SPRACHBRÜCKE Band 2 gibt es bis L6 Gedichte in L1, E4; L2, C1; L4, C3; L5, D; L6, B3.

D1 Flüchtlinge

Je nach konkreter Situation durch für die KT relevantes Material ergänzen bzw. ersetzen.

Lösungen:
1. Gebiet, in das die Flüchtlinge fliehen
2. politische, rassische, wirtschaftliche Gründe
3. Der Nahe Osten und der Mittlere Osten sind die größten Aufnahmeregionen. Fragen, für wen der Osten hier *nah* und *mittelweit* entfernt ist und was dann wohl der *Ferne Osten* ist. Je nach Interesse der KT dies in eine Behandlung von eurozentrischen Aspekten überführen. Je nach der Asylpolitik der Länder der KT die Zahlen konkretisieren.
4. Die Zahl der registrierten Asylanten ist um 6% gestiegen.

i Die Bilder aus der Bundesrepublik (oben links, unten rechts) zeigen das Ausländer-Sammellager Zirndorf bei Nürnberg und eine Notunterkunft für Ceylonesen in Berlin. Die Bilder oben rechts und unten links zeigen zwei Flüchtlingslager in Thailand.

D2 Ein Flüchtlingsschicksal

Lösungen:
1. Sie liebten ihr Land. – 2. Um sich zu retten. – 3. Ihr Land, ihre Kultur (Familie, Besitz ...) – 4. Sie haben bei der Flucht nur daran gedacht, ihr Leben zu retten. – 5. Sie haben keine Hoffnung. Die Zukunft liegt am Boden zerstört. Sie können nichts tun.

D3 Flüchtlinge – Zusammenfassung

Die drei Striche deuten an, daß man hier über verschiedene Teile der Welt Gründe, Gefühle, Reaktionen auf das Aufnahmeland schreiben kann/soll. Nur der erste Satz *Auf der Welt gibt es ca. 15 Millionen Flüchtlinge* wird überall gleich sein (und auch diese Zahl wird zum Zeitpunkt, an dem der Unterricht stattfindet, nicht mehr aktuell sein). Der Rest sollte – je nach konkreter Situation – vor allem die Informationen zusammenfassen, die für die Kulturen/Regionen der KT von Bedeutung sind.

E1 Deutsche in Brüssel – Eine Redewendung

HV-Text auf der Cassette:

Deutsche in Brüssel.
Forum im Zweiten

Ansager:
Guten Tag! Dieses Forum kommt aus Brüssel und beschäftigt sich mit einigen Aspekten des Lebens der Deutschen in der Hauptstadt Belgiens und Europas. Am Mikrofon ist Claude Bettinger, sein Gast im Studio ist Diplompsychologe Konstantin von Vietinghoff-Scheel, der unter anderem auch für die Beratungsstelle für Deutschsprachige in Brüssel tätig ist.
Rund 30 000 Deutsche leben derzeit in Brüssel. Weitaus die meisten wohnen am grünen südöstlichen Stadtrand in einer Art Klein-Deutschland. Dort gibt es eine große deutsche Schule, deutsche Kirchen und Geschäfte, die typisch deutsche Nahrungsmittel feilbieten. Zahlreiche Familienväter arbeiten bei der Kommission, dem Ministerrat, dem Wirtschafts- und Sozialausschuß der Europäischen Gemeinschaft, im Europaparlament der Nato. Andere beziehen ihr Gehalt von einer Firma oder einer Anwaltskanzlei. Die meisten Deutschen, die heute in Brüssel leben, verdienen überdurchschnittlich gut. Sie können sich deshalb ein angenehmes Leben leisten mit Restaurantbesuchen, schnellen Autos, verlockenden Reisen. Diese vielzitierte Schokoladenseite sollte jedoch nicht über zahlreiche Probleme hinwegtäuschen. Die Isolation in einer fremden Umgebung, die Unzufriedenheit so mancher Ehefrau, die der Karriere des Mannes die eigene Stelle geopfert hat. Um die vielfältigen Folgeerscheinungen dieser Probleme kümmert sich unter anderem eine Beratungsstelle für Deutschsprachige. Sie findet regen Zuspruch.

Claude Bettinger:
Konstantin von Vietinghoff-Scheel, Sie arbeiten seit Jahren für diese Beratungsstelle. Was fällt Ihnen am Lebensstil der Deutschen auf?

Konstantin Vietinghoff-Scheel:
Ich denke, daß sehr viele der Deutschen in der Tat durch relativ wohldotierte Positionen es sich leisten können, neben dem Villenbereich der Stadt zu leben. Mir fällt eigentlich besonders auf an dem deutschen Ghetto, wie Sie es nennen, daß es doch 'ne ganze Menge Deutsche dort gibt, die sehr engen Kontakt zu den Belgiern suchen, oft darüber klagen, daß die Belgier sehr zugeknöpft sind, wenig erreichbar sind, wenig ansprechbar sind, nachbarschaftliche Beziehungen, wie man sie in Deutschland kennt, sich eigentlich wenig entwickeln und sich viele dadurch mehr gezwungen fühlen, ich möchte beinahe sagen, mit ihren deutschen Mitbewohnern im Quartier dort dann Kontakte zu pflegen, und das Sozialleben unter den Deutschen ist ein recht reges. Es gibt also vielerlei Gelegenheit, bei Cocktails, Parties, privaten Einladungen und ähnlichem den Kontakt zu pflegen.

Claude Bettinger:
Konstantin von Vietinghoff-Scheel, kann eine solche Ghettosituation, um bei dem Begriff zu bleiben, nicht auch Vorteile bieten, zum Beispiel mithelfen, die eigene Identität in der Fremde zu bewahren, was wichtig sein kann, wenn diese Familien vorhaben, später nach der Pensionierung des Mannes zurückzugehen nach Deutschland, aber auch Vorteile, denke ich, für die Kinder, vor allem auch kleinere Kinder.

Konstantin von Vietinghoff-Scheel:
Ich denke, vielleicht noch ein bißchen im Anschluß an das, was wir vorher gesagt haben, es ist sicherlich so, daß also diese Ghettoidee nicht zu sehr generalisiert werden sollte. Ich glaube, daß es ein relativ normales Phänomen ist, daß Leute ähnlicher Gesinnung in der Kultur natürlich irgendwo zueinander finden, und ich glaube, daß es mehr so Cliquen gibt, das heißt also bestimmte Gruppen, die durch gemeinsame Interessen, berufliche Interessen der Männer und ähnliches zusammenfinden und dann also auch – oder auch der Frauen natürlich – also auch im sozialen Bereich, das heißt auch irgendwo außerhalb des Arbeitsbereiches Kontakte halten.

Lösungen:
1. a) 30 000; b) in einer Art Ghetto am südöstlichen Stadtrand, genannt *Klein-Deutschland*; c) EG, Nato, deutsche Verbände, Firmen; d) Isolation in einer fremden Umgebung; Unzufriedenheit von manchen Ehefrauen, die ihre Stelle für die Karriere des Mannes geopfert haben.
2. a) Sowohl der Diskussionsleiter als auch der Psychologe von der Beratungsstelle (Konstantin von Vietinghoff-Scheel) geben Informationen. – b) Weil dort besonders viele Deutsche eng zusammenwohnen. – c) deutsche Kirchen; Geschäfte, die deutsche Lebensmittel anbieten; eine deutsche Schule. Falls die KT *Party* antworten: Parties etc. sind keine Institutionen, auch wenn sie oft zur Institution werden. – d) Die beiden mittleren Sätze treffen nicht zu.

E2 Aus der Arbeit einer deutschen Beratungsstelle im Ausland

Lösungen:
Partizip II; Infinitiv
Ersetzung des Perfekts der Modalverben durch das Präteritum:
mußte sie in diese Stadt ziehen/ließ sie sich eine Wohnung ... mieten/Dort konnte sie sich aber nicht wohlfühlen, .../brauchte uns ihre .../konnten ihr schnell helfen/brauchten nur diesen Hinweis geben

F Fragebogen

Der Text lautet ungekürzt:

FRAGEBOGEN
1.
Wenn Sie sich in der Fremde aufhalten und Landsleute treffen: Befällt Sie dann Heimweh oder dann gerade nicht?
2.
Hat Heimat für Sie eine Flagge?
3.
Worauf könnten Sie eher verzichten:
a. auf Heimat?
b. auf Vaterland?
c. auf die Fremde?
4.
Was bezeichnen Sie als Heimat:
a. ein Dorf?
b. eine Stadt oder ein Quartier darin?
c. einen Sprachraum?
d. einen Erdteil?
e. eine Wohnung?
5.
Gesetzt den Fall, Sie wären in der Heimat verhaßt: könnten Sie deswegen bestreiten, daß es Ihre Heimat ist?
6.
Was lieben Sie an Ihrer Heimat besonders:
a. die Landschaft?
b. daß Ihnen die Leute ähnlich sind in ihren Gewohnheiten, d. h. daß Sie sich den Leuten angepaßt haben und daher mit Einverständnis rechnen können?
c. das Brauchtum?
d. daß Sie dort ohne Fremdsprache auskommen?
e. Erinnerungen an die Kindheit?

7.
Haben Sie schon Auswanderung erwogen?
8.
Welche Speisen essen Sie aus Heimweh (z. B. die deutschen Urlauber auf den Kanarischen Inseln lassen sich täglich das Sauerkraut mit dem Flugzeug nachschicken) und fühlen Sie sich dadurch in der Welt geborgener?
9.
Gesetzt den Fall, Heimat kennzeichnet sich für Sie durch waldiges Gebirge mit Wasserfällen: rührt es Sie, wenn Sie in einem andern Erdteil dieselbe Art von waldigem Gebirge mit Wasserfällen treffen, oder enttäuscht es Sie?
10.
Warum gibt es keine heimatlose Rechte?
11.
Wenn Sie die Zollgrenze überschreiten und sich wieder in der Heimat wissen: kommt es vor, daß Sie sich einsamer fühlen gerade in diesem Augenblick, in dem das Heimweh sich verflüchtigt, oder bestärkt Sie beispielsweise der Anblick von vertrauten Uniformen (Eisenbahner; Polizei, Militär usw.) im Gefühl, eine Heimat zu haben?
12.
Wieviel Heimat brauchen Sie?
13.
Wenn Sie als Mann und Frau zusammenleben, ohne die gleiche Heimat zu haben: fühlen Sie sich von der Heimat des andern ausgeschlossen oder befreien Sie einander davon?
14.
Insofern Heimat der landschaftliche und gesellschaftliche Bezirk ist, wo Sie geboren und aufgewachsen sind, ist Heimat unvertauschbar: sind Sie dafür dankbar?
15.
Wem?
16.
Gibt es Landstriche, Städte, Bräuche usw., die Sie auf den heimlichen Gedanken bringen, Sie hätten sich für eine andere Heimat besser geeignet?
17.
Was macht Sie heimatlos:
a. Arbeitslosigkeit
b. Vertreibung aus politischen Gründen?
c. Karriere in der Fremde?
d. daß Sie in zunehmendem Grad anders denken als die Menschen, die den gleichen Bezirk als Heimat bezeichnen wie Sie und ihn beherrschen?
e. ein Fahneneid, der mißbraucht wird?
18.
Haben Sie eine zweite Heimat? Und wenn ja:
19.
Können Sie sich eine dritte und vierte Heimat vorstellen oder bleibt es dann wieder bei der ersten?
20.
Kann Ideologie zu einer Heimat werden?
21.
Gibt es Orte, wo Sie das Entsetzen packt bei der Vorstellung, daß es für Sie die Heimat wäre, z. B. Harlem, und beschäftigt es Sie, was das bedeuten würde, oder danken Sie dann Gott?
22.
Empfinden Sie die Erde überhaupt als heimatlich?
23.
Auch Soldaten auf fremdem Territorium fallen bekanntlich für die Heimat: wer bestimmt, was Sie der Heimat schulden?
24.
Können Sie sich überhaupt ohne Heimat denken?
25.
Woraus schließen Sie, daß Tiere wie Gazellen, Nilpferde, Bären, Pinguine, Tiger, Schimpansen usw., die hinter Gittern oder in Gehegen aufwachsen, den Zoo nicht als Heimat empfinden?

Hinweise zum Arbeitsbuch

Zu Aufgabe 3: Das Schicksal von Hilde Domin und die Themen ihrer Dichtung sind unmittelbar durch die Ereignisse in Deutschland in den Jahren 1933-1945 bestimmt. Die Aufgabe soll diese Zusammenhänge im gemeinsamen Klassengespräch bewußtmachen. Dabei können die unbekannten Wörter, die in einer solchen Zeittafel unvermeidlich sind, geklärt werden; andererseits sind die historischen Ereignisse generell bekannt, so daß die Worterklärungen keine besonderen Schwierigkeiten bereiten dürften. Die Zeittafel kann evtl. noch einmal bei Lektion 9, in der es auch um deutsche Geschichte geht, herangezogen werden.

Zu Aufgabe 5: In dieser Aufgabe geht es darum, noch einmal gezielt auf logische Satzverknüpfungen und Textkonnektoren aufmerksam zu machen. Deshalb ist es wichtig, daß die Reihenfolge in der Aufgabenstellung (1. Einzelbildbeschreibung – 2. chronologische Reihenfolge der Bilder – 3. Verknüpfung der Einzelbildbeschreibungen entsprechend der gewählten chronologischen Reihenfolge) eingehalten wird. Auf diese Weise wählen die Lernenden bewußt die sprachlichen Mittel, um logische Bezüge zwischen den Einzelsätzen herzustellen (vgl. u. a. auch Lektion 10, Übung 19).

Zu Aufgabe 11: Diese geschichtliche Zusammenfassung greift einige historische Begriffe aus Aufgabe 3 wieder auf. Sie enthält einige neue Begriffe, die sich auf die Entwicklung nach 1945 und nach 1989 beziehen. Es ist anzunehmen, daß die meisten Kursteilnehmer die Ereignisse der Jahre 1989/1990 selbst in Zeitung und Fernsehen verfolgt haben, so daß es auch hier nicht besonders schwierig sein dürfte, die Bedeutung der Wörter *Ostpolitik*, *Währungsunion*, *Vereinigung* usw. zu erklären.

Zu Aufgabe 17: In der Bundesrepublik Deutschland ist Zweisprachigkeit (im Sinne einer wirklichen Beherrschung zweier Sprachen) eher die Ausnahme. Man findet sie vor allem bei Kindern ausländischer Eltern, die in der BRD aufgewachsen sind. In vielen anderen Ländern ist Zwei- oder Mehrsprachigkeit das Normale.

Lektion 7		
Thema	Beziehungen: Kontakte aufnehmen Ausdruck von Beziehungen Einsamkeit, Gemeinsamkeit Liebe im Lied Liebesmetaphorik international Ehen mit Ausländern Anredeformen: *du*, *Sie* Telefonkonventionen	A, F2 B C1 C2 D1 E F G
Wortschatz	Zusammensetzungen mit *Liebe*	D2
Grammatik	Attribute: Partizip I und Partizip II Erweiterte Nominalgruppe: Apposition, Attribute (rechtsstehend)	A3 D3
Phonetik	Intonation: Stimmungen und Gefühle	

Auftaktseite

i Obere Hälfte rechts: zwei Sprüche, die verbreitete Vorurteile in Frage stellen. *Liebe geht durch den Magen* ist ein Sprichwort, das traditionell an Mädchen gerichtet war, um ihnen zu zeigen, wie wichtig es für sie ist, gut kochen zu können.
Obere Hälfte links: „Blume + *für dich*" als Zeichen der Freundschaft, Liebe etc. *ein Herz für mich bitte* als Umkehrung der normalen Zeichnung *mein Herz für dich.*
Mitte: Cartoon von Detlef Surrey. Da in Deutschland der Zusammenhalt von Familien in der 2. Hälfte des 20. Jahrhunderts immer schwächer geworden ist, bleiben ältere Leute immer häufiger allein, oft mit einem Haustier als einzigem Freund. Cartoon evtl. zum Anlaß für kulturkontrastives Gespräch über die Rolle der alten Menschen in der Gesellschaft nehmen und/oder zu einem über die Rolle von Haustieren. Im Cartoon rechts *rent-a-dog*: Beispiel für die häufige Verwendung von englischen Wörtern im Deutschen, vor allem in der Werbung.
Unten: Graffiti an der ehemaligen Berliner Mauer (abgebaut 1989/90).

Weitere Sprüche zur Einstimmung in das Thema der Lektion:

Z Aus der Werbung der 50er Jahre: Aus Kindern werden Leute, aus Mädchen werden Bräute. (aus einem Werbefilm einer Versicherungsgesellschaft)

Zwei Entscheidungen gibt es jeden Tag für die Frau:
Was ziehe ich heute an?
Was koche ich heute?
(aus einem Werbefilm für Dr. Oetker-Produkte)

Sexistischer Sprachgebrauch? …
Man erlebt seine Schwangerschaft jedesmal anders.
Ein Mann ein Wort; eine Frau ein Wörterbuch.
... und die Antwort darauf ...
Als Gott den Mann erschuf, hat sie nur probiert.
Eine Frau ohne Mann ist wie ein Fisch ohne Fahrrad.
Lieber ‘ne Frau mit Vergangenheit als ‘nen Mann ohne Zukunft.
... und die Antwort darauf:
Warum haben Fische so viele Schuppen?
Na, irgendwo müssen sie doch all die Fahrräder abstellen.

Hier paßt auch ein Gedicht von Mascha Kaléko:

DIE VIELGERÜHMTE EINSAMKEIT
Wie schön ist es, allein zu sein!
Vorausgesetzt natürlich, man
hat einen, dem man sagen kann:
„Wie schön ist es, allein zu sein!"

Dieses Gedicht ließe sich auch sehr gut zu C1 hinzuziehen.

A1 Treffpunkt für zwei

⇅ Textsorte: Illustrierten-Fortsetzungsroman. KL sollte vorher überlegen, wie groß das Interesse der KT an A4 und A5 (Text dramatisieren, Fortsetzung ausdenken, evtl. spielen) sein wird. Dementsprechend A1 entweder gleich eher textanalytisch-kritisch durchgehen (An wen richten sich solche Texte? Sollte man so schreiben? etc.) oder sich auf die Eva-Koto-Geschichte einlassen und „mitspielen".
Im Text kommen Partizipialattribute vor, die in A3 behandelt werden. Es finden sich auch schon Erweiterungen (*im vor ihr liegenden Lufthansa-Bordbuch; im erst wenig besuchten Flughafenrestaurant*), die als grammatischer Gegenstand erst in L8, C3, E2-E4 behandelt werden. Auf die Erweiterungen hier nur eingehen, wenn sie von den KT angesprochen werden oder ein Verständnisproblem darstellen.

Lösungen:
1. Sie wartet auf ihre Freundin.
2. Er bittet um Entschuldigung dafür, daß er sie anspricht.
3. Zu allen möglichen Spekulationen sollte hier ermutigt werden; die gesammelten Versionen können als Ausgangspunkt für A5 gelten.

A2 Hilfen/Informationen/Tips für Deutsche in Ihrem Land

In der Gruppe zuerst sammeln, ob die Deutschen, die man selber oder aus Medien kennt, andere Verhaltensweisen haben als Eva in A1. Bei der Aufstellung von Tips für Deutsche im eigenen Land überlegen, wie allgemeingültig die Normen, die man beschreibt, sind.

A3 Was kann man sagen, was nicht?

Lösungen:
1. Unterstrichen werden können: *steigender, liegenden, offenstehende*. (Falls *besuchten, gekleidete, errötete* oder *aufgelösten* von den KT unterstrichen worden sind, noch einmal auf den Unterschied von Partizip I und II in der Formenbildung eingehen.)
2. das Bordbuch, das vor ihr liegt; das Fenster, das offen steht;
3.
lesen: *lesend*: das lesende Kind – *gelesen*: das gelesene Buch;
beeindrucken: *beeindruckend*: der beeindruckende Student (z. B. in einer Prüfung); das beeindruckende Kind (ein Kind, das z. B. in Musik oder Sport erstaunlich begabt ist); die beeindruckende Zeitung (eine Zeitung von besonderer Qualität); das beeindruckende Buch; der beeindruckende Flughafen; die beeindruckende Brücke – *beeindruckt*: der beeindruckte Student, das beeindruckte Kind;
kommentieren: *kommentierend*: das kommentierende Kind; der kommentierende Student; (und selten auch) die kommentierende Zeitung (Bsp.: die das Ereignis überhaupt kommentierenden Zeitungen sind sich darüber einig, daß ...) – *kommentiert*: das kommentierte Buch;
fotografieren: *fotografierend*: der fotografierende Student; das fotografierende Kind – *fotografiert*: Alle 7 Substantive können mit *fotografiert* kombiniert werden; *fotografiertes Buch* und *fotografierte Zeitung* sind seltener (z. B.: Fotografierte Bücher und Zeitungen gehören zu den Arbeitsproben des Werbefotografen XY).

A4 Eine kleine Szene
A5 Fortsetzung

A4 und A5 je nach Interesse der KT kurz halten oder ausweiten, evtl. bis zu einer kurzen „Theateraufführung“. Wenn die KT in A5 mit Satzverknüpfern Schwierigkeiten haben, Wiederholung von SB1, L10, E und L15, A2-A7. ⇐

Phonetik

Das Lernziel auf einen Blick:

♪ Intonation: Die Intonation wird durch Stimmungen und Gefühle beeinflußt.

♪ Intonation: Stimmungen und Gefühle

Bisher wurde meist von „Grundtendenzen“ der Satzmelodie gesprochen. Das ist auch sinnvoll, da die KT zuerst einmal eine gewisse Sicherheit bei der Aussprache der fremden Sprache gewinnen sollen. Daher wurde in SPRACHBRÜCKE Band 1 versucht, das Augenmerk auf bestimmte Merkmale eines Satzes zu lenken, die mit Tonbrüchen in Zusammenhang stehen. In SB1, L10 und L11 wurde die Abhängigkeit der Sprechmelodie vom Sinn des Satzes in seinem Kontext behandelt. Dort wurden erstmals verschiedene Intonationsmöglichkeiten gezeigt und geübt. In Band 2, L5 wurde der Blick erneut auf die verschiedenen Möglichkeiten bei der Negation geworfen. Bis hierhin wurden aber immer möglichst sachliche, emotionsfreie Sätze als Übungsmaterial verwendet („Grundmuster“).
In der Sprechpraxis spielen natürlich Emotionen und Stimmungen eine wichtige Rolle für die Intonation eines Satzes. Überraschung oder Wut können eine völlig andere Betonung nach sich ziehen. Ansätze zu derartigen Übungen ergaben sich in den Abschnitten über die Partikeln (SB1, L14; SB2, L1) und über Ausrufe (SB2, L2). Auch Gedichte wären belanglos, wenn sie „emotionsfrei“ vorgetragen würden (SB2, L6). In dieser Lektion soll der Blick bewußt auf die Folgen bestimmter Stimmungen und Gefühle für die Intonation gelenkt werden.
1. Den KT sollte auffallen, daß die Markierungen bei 1a)-f) nicht die abwärtsweisenden Pfeile enthalten. Typisch für offene Situationen (Unsicherheit, Enttäuschung etc.) scheint zu sein, daß die Stimme *nicht* bis an den unteren Rand des Sprechstimmumfangs abfällt.
Anders ist es bei 1g) und h). Hier handelt es sich um „Freude“ und „Bewunderung“, also auch um Gefühle, aber es handelt sich um Aussagen, die voller Überzeugung geäußert werden. Hier muß daher der extreme Tonabfall realisiert werden.
2. Die Lösungen stehen im Lehrbuch auf dem Kopf.
Wenn die KT auf Ausspracheübungen „mit Gefühlen“ ansprechen, könnte das Thema z. B. folgendermaßen – an der Tafel, zuerst ohne Tonbruchmarkierung – erweitert werden:

Intonation mit Gefühl

Sie wundern sich:	Er kennt mein /Land noch nicht?
Sie sind überrascht:	Er kommt morgen /früh am /Flughafen an?
Sie zögern:	Ich könnte ihn /selbst\ abholen ...
Sie sind verwirrt:	Er wird von /fünf /Da\men begleitet.
Sie sind unsicher:	Das ist vielleicht die falsche Per/son\.

Oder Sie lassen „neutrale“ Sätze zu „gefühlvollen“ verändern:

Derselbe Satz – andere Mitteilung

Emotionslose Aussage: /Dieser \Herr kennt unsere Firma nicht.

Erstaunen: Dieser Herr kennt unsere /Fir\ma nicht.

Oder: Dieser Herr /kennt\ unsere Firma nicht.

Spiele mit Intonation

Ändern Sie bitte die Stimmung durch andere Intonation (neutral, überrascht, ohne zu verstehen, ärgerlich, etc.):
Sie gibt ihm das Geschenk zurück
Bei Stimmungen ist neben den Tonbrüchen auch auf unterschiedliche Lautstärke zu achten. Nicht-Verstehen und Ärger/Wut unterscheiden sich durch die Plazierung der Tonbrüche nicht:

Sie gibt ihm das Ge/schenk\ zurück!

Die Lautstärke ist bei Verärgerung oder gar Wut deutlich größer als bei verwundertem Nicht-Verstehen.

B Beziehungen

Ziel des B-Teils ist es, eine Art kontrastive Wortfeldarbeit zu initiieren. Zur Vorbereitung sollten die Wörter der Ausgangssprache der KT, durch die Distanz und Nähe in menschlichen Beziehungen ausgedrückt wird, in eine Reihenfolge gebracht werden (wenn möglich, gemeinsam erarbeiten, sonst von KL vorbereiten und vorgeben); dabei sollte überlegt werden, ob es noch andere Kriterien für die Ordnung der Ausdrücke menschlicher Beziehungen in der Sprache der KT gibt. In Gruppen von KT mit verschiedenen Ausgangssprachen sollte diese Arbeit von den KT geleistet werden, die die Informationen über ihre Sprache dann den anderen KT mitteilen.

Lösungen:
1a) ein Freund; mein Freund; ein Bekannter; ein Freund von mir; der Mann, mit dem ich zusammenlebe; der Kamerad (Schulkamerad, Studienkamerad, nicht üblich: Geschäftskamerad); der Geschäftsfreund; der Parteifreund
1b) von Distanz zu Nähe: Bekannter – danach, mit unterschiedlichen individuellen Ausprägungen von Nähe und Distanz, auf ungefähr gleicher Position: Kamerad, Schulkamerad, Studienkamerad, Geschäftsfreund, Parteifreund – ein Freund (von mir) – Schulfreund, Studienfreund – mein Freund, der Mann, mit dem ich zusammenlebe
Weitere Ausdrücke für nahe Beziehungen, die nicht im Text vorkommen: Lebenspartner(in); Lebensgefährte, -gefährtin; Geliebte(r); mein Mann; meine Frau

LV C1 Einsamkeit – Gemeinsamkeit

Als vierten Text evtl. noch Mascha Kalékos Text (s. S. 78) hinzuziehen.

i Christa Reinig, geb. 1926 in Berlin: Schriftstellerin; Assistentin am Ost-Berliner Märkischen Museum, 1964 Übersiedlung in die Bundesrepublik Deutschland; Lyrik, Erzählungen.
Arthur Schopenhauer, 1788 (Danzig) – 1860 (Frankfurt/M): Philosoph, Werke u. a. *Die Welt als Wille und Vorstellung* (1819), *Panerga und Paralipomena* (1851).
Hermann Hesse, 1877 (Calw) – 1962 (Montagnola bei Lugano): Schriftsteller, seit 1923 Schweizer Bürger, 1946 Nobelpreis für Literatur; Werke u. a. *Siddhartha* (1922), *Narziß und Goldmund* (1936), *Das Glasperlenspiel* (1943); deutschsprachiger Schriftsteller, der im englischsprachigen Raum wahrscheinlich bekannter und beliebter war (insbesondere in den 60er Jahren) als im deutschsprachigen.

Beim Hesse-Gedicht reicht es für C1 aus, nur die letzte Strophe zu behandeln.

Lösungen:
1. Einsamkeit: selber, allein, Freiheit, frei, allein (im Nebel), keiner sichtbar, keiner weise, das Dunkel, trennen – Gemeinsamkeit: Freunde, licht.
2. Endlich entschloß sich A und klopfte. B sprang auf und öffnete, und da stand A und trat ein, und B sprach: „Willkommen!“ und A antwortete: „Endlich.“
3. im Nebel – von der Umwelt abgeschnitten sein; die anderen nicht wahrnehmen/nicht wahrgenommen werden; allein, einsam sein.
4a) für S. ist Einsamkeit positiv: nur wer die Einsamkeit liebt, liebt die Freiheit und kann sich selbst verwirklichen (bei großem Interesse der KT daran evtl. Schopenhauers Biographie heranziehen und fragen, ob dieses Diktum Schopenhauers die passende Ideologie zu seinen Lebensumständen ist, oder ob seine Lebensumstände dieser Maxime folgen).
4b) allein = ohne soziale Kontakte/Beziehungen.
5. Während Schopenhauer und Hesse klare Kandidaten für die Überschrift *Einsamkeit* sind, könnte man bei Reinig für beide Überschriften Argumente finden. Auf die Reaktionen der KT bei C1 Aufgabe 2 zurückgreifen.

C2 Liebe im Lied

Zuerst ohne Buch arbeiten und beide Lieder einmal vorspielen. Das für die KT interessantere (von der Musik her gesehen) noch einmal spielen und versuchen, Inhalt, Personen, Ort etc. (Aufgabe 2) anzugeben. Danach noch einmal spielen, um bisherige Vermutungen zu bestätigen/korrigieren. Danach Text lesen und hören lassen. Je nach Interesse der KT danach das andere Lied bearbeiten oder weglassen.

Lösung:
4. Das Lied *Die Königskinder* ist älter.

Die Königskinder (vollständiger Text)

1. Es waren zwei Königskinder,
die hatten einander so lieb,
sie konnten zusammen nicht kommen,
das Wasser war viel zu tief.
2. „Oh, Liebster, kannst du nicht schwimmen,
so schwimme doch her zu mir,
drei Kerzen will ich dir anzünden,
und die sollen leuchten dir.“
3. Da saß eine falsche Nonne,
die tat, als wenn sie schlief,
sie täte die Kerzen ausblasen,
der Jüngling ertrank so tief.
4. Ein Fischer wohl fischte lange,
bis er den Toten fand:
„Nun sieh da, du liebliche Jungfrau,
hast hier deinen Königssohn.“
5. Sie nahm ihn in ihre Arme
und küßt' ihm den bleichen Mund,
es mußt' ihr das Herzlein brechen,
sie sank in den Tod zur Stund'.

Die Ballade *Es waren zwei Königskinder* ist ein altes deutsches Volkslied. Der Stoff zu diesem Lied, zwei Liebende, die getrennt sind (zwischen ihnen eine unüberwindbare Grenze, das Wasser), ist sehr alt und in vielen Ländern bekannt.
Liebling, mein Herz läßt dich grüßen ist ein deutscher Schlager aus den 30er Jahren. Schlager wie diese wurden in dieser Zeit in großem Maße geschrieben, meist für Unterhaltungsfilme. Über die Filmindustrie fanden diese Lieder Verbreitung in einer Zeit, als Privatpersonen noch kaum über technische Geräte wie Radio oder Grammophon verfügten. Noch heute kennt man viele Schlager aus der Zeit zwischen den beiden Weltkriegen.

D1 Liebesmetaphorik international

Der Text in D1 enthält deutsche, japanische, arabische und spanische Komplimente.
Die Bilder sollen eine Verbindung schaffen zu den bereits geführten Diskussionen über unterschiedliche Kulturen, Höflichkeitskonventionen und Verhaltensnormen.

Lösungen:
1a) Verliebte benutzen Kosenamen für ihre Partner. Oft dienen Kosenamen dazu, Komplimente zu machen.
1b) In dem Text gibt es nur Beispiele von Männern, die Komplimente machen (Japaner, Araber, Spanier).
2. mein Schatz, Schätzchen, Liebling, Herzchen, Mäuschen, Ei mit Augen, Augen einer Gazelle, Engel.

D2 Liebe in verschiedenen Kombinationen

zu den Bildern:
Oben links: Mutter und Kind im Wald, sie pflücken Blumen (soll „Naturliebe" zeigen)
Oben rechts: Kunstliebe
Bildmitte: Tierliebe
Unten links: Liebespaar
Unten rechts: Mutterliebe

D3 Erweiterte Nominalgruppe

Lösungen:
1. Kaffee: heiß, schwarz, duftend, gesüßt – Liebe: heiß, brennend (in bestimmten Kontexten möglich: kurz, traurig) – eine Prüfung: kurz, schwierig, abgeschlossen – eine Radiosendung: unterhaltend, kurz, informierend, schwierig – ein Elefant: gefangen, traurig – der Fremde: schwarz, unterhaltend, informierend, gefangen, schwierig, traurig – das Spiel: unterhaltend, kurz, informierend, schwierig
2.a) Stefanie war gestern mit einer Freundin, einer Buchhändlerin, im Theater. – b) Die Freundin ist die Frau eines früheren Nachbarn, eines Sprachlehrers. – c) In der Pause haben sie Herrn Müller, einen neuen Kollegen, getroffen. – d) Im Gespräch hat Stefanie festgestellt, daß er und Daniel, ihr Mann, zusammen Tennis spielen.
3. mögliche Antworten sind:
Für Adverb gibt es keine Beispiele.
Genitiv:
das Treffen der beiden (A5); im strengen Sinne des Wortes (B); mit Hilfe des Wörterbuchs (C2); Inhalt der beiden Lieder (C2); Bild der Gazelle (D1); beim ersten Hören des Interviews (E1); die Mütter meiner Freundinnen (F1); nach dem Lesen der kurzen Interviews (F1); Eröffnungen eines deutschen Telefongesprächs (G1)
Präpositionalgruppe:
Flughafen von Lilastadt (A1); Sie als richtige Deutsche (A1); die wenigen Leute im Restaurant (A1); auf der Kennedy-Brücke in Hamburg (A1); Freund im Wörtersee (B); ein Bekannter von mir (B); die passenden Wörter für Freund (B); Wörter aus den Texten (C1); den Begriffen aus der Überschrift (C1); Gedicht von Christa Reinig (C1); Namen von zwei verschiedenen Personen (C1); Vorstellung von „allein" (C1); Versuche zu dessen Lösung (C2); Wort für Liebe (D1); Interesse an einer Frau (D1); Kosenamen aus Ihrer Sprache (D1); Substantive mit „Liebe" (D2); verschiedene Arten von Liebe (D2); Attribut-Typ in der Tabelle (D3); Karatschi in Pakistan (E1); Beruf von Dagmar (E1); Verhaltensregeln bei Ihnen/in Deutschland (F2); Anrede mit „Sie" (F2); Kombinationen für Eröffnungen (G1); Krüger von Krüger & Krüger (G1); Reaktionen von Herrn Beck (G1); Eröffnungen von Telefongesprächen (G3)
Nebensatz:
Berufsverkehr, in dem man steckenbleiben kann (A1); Freundin, die mich abholen wollte (A1); der Mann, mit dem ich zusammenlebe (B); ein Mann, mit dem ich höchstens zusammen radfahre (B); eine Tiefe vorgetäuscht, die gar nicht vorhanden ist (B); Parteikamerad, der stets als Parteifreund ausgegeben wird (B); Wörter heraus, die eine Beziehung zwischen Menschen bezeichnen (B); Begriffe, für die es im Deutschen keine direkte Übersetzung gibt (B); keiner ist weise, der nicht das

Dunkel kennt (C1); das Dunkel kennt, das ... ihn trennt (C1); Situation …, zu der dieses Gedicht paßt (C1); Kosenamen füreinander, die als Zeichen der Vertrautheit ... zu verstehen sind (D1); Frauen …, von denen nur die Augen zu sehen waren (D1); Komplimente, die Männer aussprechen (D1); Sitten, die dem spanischen *piropo* ähnlich sind (D1); Leute, die man nicht für voll nimmt (F1); Personen, die älter als 15 Jahre sind (F2); Leute, die man bei Freizeitbeschäftigungen trifft (F2); Telefonkonventionen, … die bei Ihnen normal sind (G1)
Apposition:
meine Träume, die süßen (C2); Gazelle, elegant und beweglich (D1); Beine, lang und schlank (D1); Haltung, graziös und selbstbewußt (D1); Auftreten, elegant und beeindruckend (D1); Komplimente, *piropos* (D1); Karin Fuchs, 20, Praktikantin, (F1); Thomas Weber, 20, Elektriker, (F1); Markus Heilmann, 18, Schüler, (F1); Anne Beck, 18, Schülerin, (F1); Sebastian Gall, 22, Lehrling, (F1); Sandra Müller, 19, Abiturientin, (F1); Herrn Beck, Herrn Richard Beck, (G1)

Es könnte sinnvoll sein, die Aufgabe 3 zu erweitern und die KT nach mehr als einem weiteren Beispiel suchen zu lassen. Man könnte z. B. die KT in Gruppen aufteilen und jede Gruppe alle Rechts-Attribute in einem bestimmten Text/Baustein suchen lassen. Arbeitsteilig könnte die Gruppe so einen Überblick gewinnen, welche Attributart wie häufig bzw. selten vorkommt.

E1 Mein Mann ist Ausländer

HV-Text auf der Cassette: Mein Mann ist Ausländer

Interviewer: Dagmar und Shahab Anwer sind seit 1965 verheiratet. Sie leben in Karatschi, der größten Stadt Pakistans. Wir haben Dagmar und ihren Mann, einen Universitätsprofessor, besucht und ihnen Fragen gestellt über ihr Leben und ihre Erfahrungen in diesem islamischen Land.
Dagmar, Sie haben in Berlin gewohnt, Sie haben Ihr Physikstudium als Diplom-Physikerin abgeschlossen – wie haben Sie Ihren Mann kennengelernt?
Dagmar: Ganz einfach. Ich studierte an der Freien Universität in West-Berlin und lernte dort Shahab kennen – wie viele Studentinnen in Deutschland ihren Mann bzw. Studenten ihre Frau eben beim Studium kennenlernen.
Interviewer: Und dann haben Sie bald geheiratet? Wann war das?
Dagmar: Nach vier Jahren, 1965. Wir haben gleich viermal geheiratet. Erst haben wir einen Ehevertrag vor einem Notar geschlossen, dann haben wir vor dem staatlichen Standesamt geheiratet. Danach haben wir uns noch in der Kirche trauen lassen, und zuletzt haben wir noch Hochzeit auf pakistanisch vor einem Mullah mit vielen Studienfreunden gefeiert.
Interviewer: Und danach haben Sie Ihren Beruf als Diplom-Physikerin aufgegeben und sind nach Pakistan gegangen?
Dagmar: Nein, nicht sofort. Erstmal wohnten wir noch in Karlsruhe. Als unser Sohn Sahim geboren wurde, wollte ich nicht mehr weiterarbeiten. Erst danach sind wir nach Pakistan gegangen.
Interviewer: Das hört sich alles sehr selbstverständlich, sehr einfach an. Sie sprechen gar nicht von den Problemen und Schwierigkeiten, die man in einer internationalen Ehe sicher noch zahlreicher hat als in einer, sagen wir mal, normalen Ehe.
Dagmar: Im Familien- und Freundeskreis gab es auch keine Probleme. Meine Eltern betrachten Shahab wie ihren Sohn. Der Umzug nach Pakistan brachte dann allerdings doch viele Schwierigkeiten. Shahabs Familie war sehr nett. Meine Schwiegermutter und ich, wir liebten uns vom ersten Augenblick an. Aber das Leben war natürlich ganz anders. Auch mit dem Klima hatte ich anfangs Probleme. Ich erwartete gerade das zweite Kind. Und dann lebten wir im Haus der Schwiegereltern und waren nicht mehr allein. Da lebte ja die ganze Großfamilie mit den vier Geschwistern von Shahab. Shahab verdiente außerdem weniger Geld als vorher in Deutschland. Und das neugeborene Kind war nicht gesund. Das Krankenhaus war sehr teuer, und eine Krankenversicherung gibt es in Pakistan nicht – dieser Anfang war eine Katastrophe für mich. Und noch heute müssen wir ziemlich mit dem Geld rechnen. Inzwischen haben wir drei Kinder. Sie besuchen Privatschulen, die viel Geld kosten. Es gibt drei Sachen, auf die ich verzichten muß: Kaffee, Brot und Butter zum Beispiel sind hier ein teurer Luxus. So etwas kaufe ich nur sehr selten.
Interviewer: Und trotz dieser Probleme haben Sie nicht gleich wieder die Koffer gepackt?
Dagmar: Das nicht, aber ich habe schon Dinge gemacht, die eine Frau in Pakistan nicht tut. Ich bin durch die Stadt mit dem Fahrrad gefahren, und bin auch auf den Fleischmarkt gegangen – das tut man hier nicht als Frau. Aber andererseits lebt mein Mann hier, und dann die drei Kinder. Meine Familie ist mein Zuhause. Die Kinder sprechen übrigens fließend Urdu, Englisch und Deutsch.
Interviewer: Sie sind auch zu einer anderen Religion, zum Islam übergetreten? Das ist für eine Frau doch nicht nötig.

Dagmar: Ach, ob ich Gott nun „Gott“ nenne oder „Allah“, wenn ich zu ihm bete – das ist doch nicht wichtig. Wichtig ist, daß meine Kinder ohne religiöse Konflikte aufwachsen und nicht ein Leben lang zwischen der Welt ihres Vaters und der ihrer Mutter hin- und hergerissen werden.
Interviewer: Und die islamischen Gesetze, die im islamischen Pakistan gelten, stören Sie nicht? Die Trennung von Männern und Frauen in der Öffentlichkeit zum Beispiel?
Dagmar: Nein, damit kann ich leben. Nur das Heiraten sehe ich als Problem an, für Frauen vor allem.
Interviewer: Dürfen wir dazu noch eine Frage stellen? Wer wird den Ehemann für Ihre Tochter auswählen, die Tochter selbst oder Ihr Mann und Sie?
Dagmar: Das ist mein größtes Problem, weil es um die Zukunft meiner eigenen Tochter geht. Mein Mann will sich an die pakistanischen Sitten halten. Das heißt, daß die Eheleute sich erst am Tag der Hochzeit zum ersten Mal sehen. Er sagt, neunundneunzig Prozent dieser Ehen werden glücklich. Das möchte ich aber für meine Tochter eigentlich nicht akzeptieren. Aber meine Tochter findet das normal. Und da sie Pakistanerin ist, muß ich wohl ihren Wunsch respektieren.

Lösungen:
Kennenlernen: beim Studium – Beruf von Dagmar früher: Diplom-Physikerin – Beruf von Dagmar heute: kein Beruf/Mutter/Hausfrau – Beruf von Shahab früher:? Student – Beruf von Shahab heute: Universitätsprofessor – Heirat: 4x: Notar (Ehevertrag), staatliches Standesamt, kirchliche Trauung, pakistanische Hochzeit vor einem Mullah – Probleme für Dagmar in Pakistan: Klima; Leben im Haus der Schwiegereltern (nicht allein); Kind war nicht gesund; Probleme mit dem pakistanischen Gesundheitssystem; Geldknappheit; Verzicht auf bestimmte Sachen; Verhaltensweisen, die untypisch für Frauen in Pakistan sind (auf den Fleischmarkt gehen, Fahrrad fahren) – Gründe für die Eingewöhnung: Familie ist ihr Zuhause – Kinder: 3, Privatschule, sprechen Urdu, Englisch und Deutsch. – Religion: Islam – Zukunftsprobleme: Eheschließung der Tochter nach pakistanischen Sitten (arrangierte Ehe)

F1 Du oder Sie? – Umfrage

i Anredeverhalten: *Du* und *Sie* sind in der Lage, jeweils zwei verschiedene Botschaften zu transportieren. Das *Du* zeugt von Familiarität und Intimität unter Verwandten, Freunden, guten Kollegen. Es kann aber auch eine arrogante Haltung unterstützen (z. B. *Eh, du Kanake* – erwachsener Deutscher zu erwachsenem ausländischen Arbeitnehmer), wenn es in Situationen verwendet wird, in denen eigentlich ein *Sie* am Platz ist. Das *Sie* ist die normale Form der Anrede unter Erwachsenen, zwischen denen keine besondere Beziehung vorliegt. Auf der einen Seite signalisiert es Distanz, zeigt aber auch den Respekt an, den man einem Fremden erweist.

Lösungen:
Nach dem ersten Leseschritt:
Karin Fuchs: möchte auch von Fremden geduzt werden, wenn der Ton stimmt.
Thomas Weber: möchte nicht von den Müttern seiner Freundinnen gesiezt werden.
Markus Heilmann: Du: mit Leuten, die man näher kennt; Sie: Fremde, Autoritätspersonen.
Anne Beck: Du: alle
Sebastian Gall: Du: Plattenladen; Sie: Drogerie.
Sandra Müller: Sie: Norm; du: Mütter beim „Babysitting“.
Nach dem zweiten Leseschritt:
Für das Duzen: der richtige Ton muß getroffen werden (KF); von Eltern von Freunden geduzt werden, sonst fühlt man sich älter, als man ist (TW); wenn man jemanden schon näher kennt (MH); „alternative“ Eltern aus der Zeit der Studentenbewegung (Mitte der 60er Jahre – Anfang der 70er); duzen alle, kann für Kinder zu Problemen führen (AB); informelle geschäftliche Atmosphäre (Plattenladen) lädt zum *Du* ein (SG); Duzen als Ausnahme (SM).
Für das Siezen: Siezen, um nicht taktlos zu sein (TW); *Sie* drückt Höflichkeit aus; Ärzte, Lehrer etc. haben das Recht auf *Sie*, aber sie müssen einen dann auch siezen (MH); *Sie* drückt nicht nur Distanz aus, sondern kann auch ein Zeichen für Respekt sein (AB); in formelleren Geschäftssituationen muß man siezen, sonst sieht es so aus, als nehme man die Verkäufer nicht ernst, als würde man sie herabsetzen (SG); Siezen ist die Regel, von der es bestimmte Ausnahmen gibt (SM).

F2 Wenn man nichts falsch machen möchte ...

Vor allem bei Sprachen, die wie das Englische keine pronominalen Unterschiede machen, auf die anderen sprachlichen Mittel hinweisen, die in diesen Sprachen zur sozialen Differenzierung herangezogen werden.

G1 Hallo, Hallo
G2 Gesprächsbaukasten

G1 und G2 evtl. zusammen durchnehmen. Viele kleine, schnelle Telefongespräche spielen lassen (mit Gesprächsanfang, einigen kurzen Wechseln, aufs Ende hinsteuern und Ende). Dabei sollten die Telefonierenden keinen Blickkontakt miteinander haben.

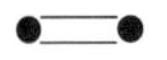

Lösungen:
2. links: wenn Anna Krüger Richard Beck an der Stimme erkennt; rechts: wenn Richard Beck Anna Krüger an der Stimme erkennt.

G3 Sechs Eröffnungen

Sinnlos sind 4 und 5. In 4 reagiert der erste Sprecher (Beck) nicht auf die Selbstidentifizierung von Anna. In 5 reagiert der zweite Sprecher mit der Nennung eines männlichen Vornamens auf eine weibliche Stimme.

HV-Texte auf der Cassette:

Text 1
A: Reisebüro Lila. Deutscher Service.
B: Klinger hier. Herrn Tossu bitte.
A: Ja, sofort.

Text 2
A: Hallo.
B: Hallo Klaus, rat mal, wer hier ist.
A: Die Königin von Nirgendwo?

Text 3
A: Beck.
B: Hier auch.
A: Hallo, Papa.

Text 4
A: Beck.
B: Richard, hier ist Anna.
A: Hallo, wer spricht dort bitte?

Text 5
A: (weiblich): Institut für Kommunikationswissenschaft.
B: Willy? Wie geht's?
A: Wie bitte?

Text 6
A: Deutsche Welle.
B: Ich hätte gern eine Programminformation.
A: Einen Moment, ich verbinde Sie mit der zuständigen Abteilung.

Hinweise zum Arbeitsbuch

Zu Aufgabe 14: Mit Hilfe dieser Aufgabe soll die wichtige Rolle der Attribute im Satz verdeutlicht werden.
Der Text, aus dem alle Attribute entfernt wurden, ist zwar grammatisch richtig, aber arm an Informationen. Normalerweise würde dieser Text sofort Nachfragen provozieren, z. B.: „Wo Beate bloß bleibt? In der Woche hat sie die Zeit doch noch bestätigt!" – Wann? In welcher Woche? Um was für eine „Zeit" geht es? Und weiter unten: Was ist das für ein Mann? Ist er jung, sympathisch usw? Diese Fragen werden von den Attributen beantwortet.

Zu Aufgabe 15: Auch hier geht es um die Rolle von Attributen. Allerdings müssen die KT nun selbst entscheiden, an welcher Stelle sie welche Attribute verwenden wollen.

Zu Aufgabe 18: Für diese Aufgabe gilt, was schon an anderer Stelle gesagt wurde: Es geht nicht darum, feste Verhaltensmuster zu beschreiben und abzufragen. Es geht darum, Gedanken und Gespräche darüber in Gang zu bringen, über das Eigene nachzudenken und zu vergleichen.
In der Bundesrepublik Deutschland, wie in den meisten westlichen Industrieländern, haben sich aufgrund der wirtschaftlichen Entwicklung und der Frauenemanzipation in Öffentlichkeit und Beruf früher übliche feste Umgangsformen zwischen Mann und Frau gelockert, zum Teil sind sie ganz verschwunden. Letzteres gilt vor allem für die junge Generation. Bei den 30-50jährigen bestehen häufig *ungefähre Erwartungen* in bezug auf das Verhalten des anderen Geschlechts, die noch aus der Zeit ihrer Sozialisation in den 50er, 60er Jahren stammen, während sich die ältere Generation noch stärker an *festgelegten, althergebrachten* Verhaltensmustern orientiert. Bei den jüngeren und mittleren Altersgruppen müssen Männer und Frauen häufig die Form des von beiden Seiten akzeptierten Umgangs miteinander jedesmal neu „miteinander aushandeln". Das geschieht in der Regel nicht durch Worte, sondern mit Hilfe von Gesten, Blicken, die der/die andere entsprechend deuten muß. Dabei kommt es natürlich auch immer wieder zu Mißverständnissen oder einem „Hin und Her".

Zu Aufgabe 20, 3: Da der Text ziemlich lang ist, empfiehlt sich hier folgendes Vorgehen:

1. In der Klasse Stichwortlisten (Assoziogramme) erstellen zum Thema: Liebe und Heirat – Was ist wichtig für Männer, was ist wichtig für Frauen (getrennte Listen)? Diskussion: Was sind persönliche Meinungen, was ist landestypisch?

2. Die sechs Abschnitte des Textes werden an sechs Gruppen verteilt. Jede Gruppe erarbeitet ihren Abschnitt und berichtet danach in der Klasse. In einigen Fällen (z. B. Altersunterschied) können Raster erstellt und auf Folie gezeigt werden.

3. Wenn noch Interesse besteht, kann im Plenum eine internationale Hitliste erstellt werden: Wer legt am meisten Wert auf „Geld", auf „Schönheit", auf „Keuschheit" usw.

Lektion 8		
Thema	Die Natur im Gedicht Frühling: Bedeutungen und Assoziationen Natur- und Landschaftsbegriffe Natur und Naturschutz	A1 A2 A3, A4, B1, B2 C1, D1, D2, E1 F
Wortschatz	Zusammengesetzte Wörter Sprichwörter	B3 G
Grammatik	Wortbildung: zusammengesetzte Wörter *sein* + *zu*: Bedeutungen Erweiterte Nominalgruppe: Attribute (*zu* + Partizip I) Suffixe: *-bar* und *-lich* Erweiterte Nominalgruppe: Attribute (linksstehend)	B3 C2 C3 C4 E2-E4
Phonetik	Laute und Orthographie: Lange Vokale	

Auftaktseite

Collage aus Caspar David Friedrich *Der einsame Baum* und R. Hellenschmidt *Wie spät ist es*?

i Caspar David Friedrich. Geboren 1774 in Greifswald, gestorben 1840 in Dresden. Dt. Maler und Graphiker, dessen Malerei geprägt ist durch ein Gefühl für die vielfältigen Stimmungen der Natur, das aus der sorgfältigen Beobachtung der Natur stammt.

i R. Hellenschmidt, geboren 1946, Industriekaufmann, Zeichner und Karikaturist in Rothenburg o. T.

W Nützlicher Wortschatz: das Gebirge, die Bergkuppe, der Strauch, der Busch, das Grasbüschel, der Baumstamm, die Taschenuhr.

Z Auswahl von deutschen Redensarten, die sich auf Natur beziehen:

Eine Schwalbe macht noch keinen Sommer.
Er hat den Ast abgesägt, auf dem er sitzt.
Aus einer Fliege einen Elefanten machen.
Das Gras wachsen hören.
Vom Regen in die Traufe kommen.
Er sieht den Wald vor lauter Bäumen nicht.

A1 Die Natur im Gedicht

i Eduard Mörike: Dichter. 1804 (Ludwigsburg) – 1875 (Stuttgart). Gedichte, die oft vertont wurden; Übertragungen von griechischer und römischer Lyrik ins Deutsche.

Bild rechts: Graf von Pocci: der Frühling.

Franz Graf von Pocci. 1807 (München) – 1876 (München). Dt. Dichter, Zeichner, Musiker. Zeremonienmeister und Musikintendant am Bayrischen Hof. Bekannt als Verfasser von selbstillustrierten Kinderbüchern und Puppenkomödien für das Kasperletheater.

Lösungen:
2. *Natur*: Frühling, Lüfte, Düfte, Land, Veilchen – *hören*: flattern (etwas, was flattert, kann man meist auch hören), horch, Harfenton, vernehmen – *riechen*: Düfte, Veilchen
3. Antworten wie *alles, das ganze Gedicht beschreibt Frühling* etc. ebenso akzeptieren wie Aufzählungen von Einzelteilen (*süße Düfte, Veilchen*).
4. Originaltitel: *Frühling*. Aber interessanter als das „Raten" des richtigen Titels sind die Titel der KT, die man vergleichen, begründen etc. lassen sollte.

A2 Frühling läßt sein blaues Band ...

i

Ernst Jandl. Schriftsteller. Geboren 1925 in Wien, schreibt *Konkrete Poesie* (visuelle und akustische Sprachspiele) und Hörspiele; u. a. *Laut und Luise* (1966), *Aus der Fremde*. Sprechoper in 7 Szenen (1980).

Lösungen:
1. lässt, frühling, sein, blaues, band, wieder, flattern, durch, die, lüfte

4. Wortschatz zur Bildbeschreibung: das Hochhaus, die Autobahn, der Kreisverkehr, die Häuserreihe (= Reihe von Häusern), die Reklame, der Pfeil, kleine „mickrige" Bäume, im Hintergrund, im Vordergrund, der Zebrastreifen, das Hinweisschild, das Verkehrszeichen.

A3 Was assoziieren Sie mit Frühling?

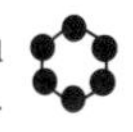

Nur bei Interesse der KT. Sonst weglassen. Versuchen, die verschiedenen Assoziationen der KT zu Bereichen zusammenzufassen. Werden diese Bereiche in den Teilen A und B des Buches angesprochen? Tauchen die Inhalte aus A und B im Assoziogramm der KT auf?

A4 Frühlings Erwachen in der Zeitung und im Lied

Lösungen:
Definition 1: oben Mitte und oben rechts – Definition 2: unten links – Definition 3: oben links, Mitte
Unten rechts: *Auto-Frühling* paßt zu Definition 1 oder 2; es kann ein Inserat im Frühling sein, das auf den Frühjahrsputz anspielt (mit generalüberholtem Motor); es kann bedeuten, daß das Auto mit seinem Austauschmotor einen zweiten Frühling erlebt; d. h., daß es wieder wie neu ist.

i

Begriffe und Abkürzungen in den Texten:
Oben links: *Kurzarbeit* = Verkürzung der täglichen Arbeitszeit bei schlechter Wirtschaftslage; die Arbeiter erhalten entsprechend weniger Lohn. – *Freie Stelle* = Arbeitsplatzangebot
Oben Mitte: *Hochschwarzwald* = Höhenregion des Schwarzwalds bei Freiburg – *Titisee* = bekannter Ausflugssee im Hochschwarzwald
Mitte: *Ü* = im übertragenen Sinne; *dichter.* = Abkürzung für dichterisch; *iron.* = ironisch; *ökonom.* = ökonomisch

B1 Die Frühlingsreise – Wetterbriefe aus Europa

Horst Krüger, geboren 1919 in Magdeburg, Studium der Philosophie und Literaturwissenschaften in Berlin und Freiburg. Reiseschriftsteller. 1952-67 Leiter des Literarischen Nachtstudios beim Südwestfunk Baden-Baden.

i

Die Frühlingsreise: Sieben Wetterbriefe aus Europa. Hier stark gekürzt. Der Einzug des Frühlings in Europa ist das Reisethema dieser sieben Wetterbriefe. Horst Krüger macht diese Reise sozusagen auf wissenschaftlicher Basis, als Reiseführer dient ihm eine Karte des Deutschen Wetterdienstes, die für ganz Europa den Beginn der Apfelblüte ausweist, denn von den Meteorologen wird der Frühling nicht nach dem Kalender, sondern nach dem Stand der Apfelblüte festgelegt.

B2 Aufgaben

Lösungen:
1. Er möchte genau wissen, wann der Frühling wo in Europa ist (Zeilen 18-20).
2. Mit dem Allgäu – also mit einer deutschen Landschaft (in Schwaben) (Zeilen 25-28).
3. Wandervogel (34), Luftikus (35).
4. *Er ist zu Hause* bzw. *Das ist der Frühling, den er kennt* als Antwort akzeptieren. Genauer: ruhiger deutscher Landregen/als Deutscher liebt er den Wechsel der Jahreszeiten (49-59).
5. Frühling/Skandinavien erwacht vom Winter (68-70).
6. Als Deutscher liebt er den deutschen Rhythmus im Wechsel der Jahreszeiten (57-59).
7. Unzuverlässigkeit, Aufbruch, Wanderung (34, 35). Hier evtl. als Kontrast das Assoziogramm der KT (A3) wieder hinzuziehen.

B3 Zusammengesetzte Wörter

Beispiele für zusammengesetzte Wörter, die schon in Band 1 vorgekommen sind:

⇐ Arbeitszeitverkürzung = Verkürzung der Arbeitszeit – Freizeitgestaltung = Gestaltung der Freizeit – Stipendienzusage = Zusage, daß man ein Stipendium bekommt – Höflichkeitsformen = Formen, mit denen man Höflichkeit ausdrückt – Industriearbeiter = Arbeiter in der Industrie – Bankangestellter = Angestellter bei einer Bank – alleinstehender Ingenieur = Ingenieur, der alleinstehend ist (nicht verheiratet)

Silbenrätsel:
a) Regenmantel; b) Apfelblüte; c) Luftfeuchtigkeit; d) Hügellandschaft; e) waldreich; f) sportbegeistert; g) reiselustig; h) Studienanfänger

C1 Was ist Landschaft? – Ein Vortrag

Textsorte: ein wissenschaftlicher (professoraler) Vortrag

Lösungen:
1. a) Alltäglicher Begriff: stammt aus dem emotionalen und/oder ästhetischen Bereich. b) Naturwissenschaftlicher Begriff: Landschaft als Teil der Erdoberfläche. Unterscheidet zwischen Natur- und Kulturlandschaft.
2. Alltäglicher Landschaftsbegriff: a), d) – Naturwissenschaftlicher Landschaftsbegriff (Naturlandschaft): c), e) – Naturwissenschaftlicher Landschaftsbegriff (Kulturlandschaft): b), f)

C2 Bedeutungen von sein + zu

Lösungen:
1. Zeile 2, 12/13, 17
2. Im Wald muß das Rauchen unterlassen werden. Im Wald darf (!) man nicht rauchen. – Diese Pflanzen müssen geschützt werden. Diese Pflanzen muß man schützen. – Hunde müssen an der Leine geführt werden. Hunde muß man an der Leine führen. – Beim Bergwandern müssen feste Schuhe getragen werden. Beim Bergwandern muß man feste Schuhe tragen. – Dieser Platz muß sauber gehalten werden. Diesen Platz muß man sauber halten. – Dieses Schild muß selber gemacht werden. Dieses Schild muß man selber machen.

i Bilder S. 119: Es handelt sich bei den beiden Fotos um Aufnahmen des Ortes Sion (Sitten), einem Ort mit ca. 25 000 Einwohnern, der Hauptstadt des Kantons Valais (Wallis) in der Schweiz. Das obere Foto ist aus den 20er, das untere Foto aus den 70er Jahren.

C3 Erweiterte Nominalgruppe

Lösungen:
1. ein Problem, das zu lösen ist/das nur schwer gelöst werden kann. – 2. eine Natur, die zu schützen ist/die unbedingt geschützt werden muß. – 3. eine Landschaft, die zu beschreiben ist/die nur schlecht beschrieben werden kann. – 4. eine Frage, die zu entscheiden ist/die kaum entschieden werden kann. – 5. eine Theorie, die zu kritisieren ist/die leicht kritisiert werden kann. – 6. ein Thema, das zu diskutieren ist/das auf jeden Fall diskutiert werden muß.

C4 Vergleichbar und unvergleichlich

Lösungen:
1. Es ist nicht zu verkaufen. Es kann (darf) nicht verkauft werden. – 2. Ein nicht zu verwechselndes Gesicht. Ein Gesicht, das nicht verwechselt werden kann. – 3. Gemüse, das man essen kann (*das zu essende Gemüse* bedeutet Gemüse, das man essen muß; *eßbar* beschreibt aber nur die Eigenschaft *kann gegessen werden*). – 4. Verhalten, das nicht erklärt werden kann/ein nicht zu erklärendes Verhalten. – 5. Ein kaum zu hörender Ton/ein Ton, der kaum gehört werden kann. – 6. Es ist nicht festzustellen, wer .../Es kann nicht festgestellt werden, wer ... – 7. ein zu begreifendes Problem/ein Problem, das begriffen werden kann.

Phonetik

Das Lernziel auf einen Blick:

♪ Laute:	Lernhilfen für die Schreibung von Wörtern mit langen Vokallauten

♪ Laute und Orthographie: Lange Vokale

Die Schreibung des Deutschen ist nicht lauttreu, aber gewisse Regelmäßigkeiten helfen bei der richtigen Schreibung.
Das wichtigste Ziel der/des KL sollte es sein, daß die KT auf dieser Stufe sicher **lange** von **kurzen** Vokalen unterscheiden können.
Für die Orthographie sind die Wörter mit kurzen Vokalen relativ problemlos (s. L9). Komplizierter ist die Umsetzung der langen Vokale durch die Schrift. Der Regelfall ist die Lauttreue durch einen Vokal plus – eventuell – *einen* darauf folgenden Konsonanten (in der linken Spalte der Tabelle).
Die Sonderfälle umfassen die Wörter, in denen die Längen des Vokals durch eine besondere Schreibweise gekennzeichnet wird (oft wird von „Dehnung" gesprochen – die Laute unterscheiden sich allerdings nicht!). Diese Wörter sind von den KT zu lernen. Es gibt allerdings einige „Daumenregeln":
- Die Zahl der Wörter mit Doppelvokal ist begrenzt. Es handelt sich um Wörter mit *aa, ee* und *oo*.
- Bei der Mehrheit der Wörter mit den lang gesprochenen Vokalen *a, e, o, u, ä, ö* und *ü* wird die Länge nicht besonders gekennzeichnet. Allerdings gibt es durchaus viele Wörter, in denen der lange Vokal durch ein auf ihn folgendes *h* gekennzeichnet wird. Wenn man nicht weiß, ob ein Wort mit „Dehnungs-*h*" geschrieben wird, hilft es oft, sich das Wortbild von verwandten Wörtern vorzustellen: *gef**äh**rlich: Gefahr, fahren; die Vers**öh**nung: versöhnen, der Sohn.*
- Wörter, deren langer *i*-Laut nur mit *i* geschrieben wird, sind selten und stammen meist aus anderen Sprachen.
- Die meisten Wörter mit langem *i*-Laut werden mit *ie* geschrieben.
- Die Kombination *ih* ist selten und tritt nur bei Ableitungen der Personalpronomen *er, es, sie* auf: *ihm, ihr, ihnen* usw.

Wenn fehlerfreies Schreiben bei Ihnen ein Lernziel ist, so empfehlen sich Partnerübungen und Spiele, wie sie früher schon im HfU zu SB1 beschrieben wurden (Karteikarten, Vokabeltrainer, Wettspiele etc.).

D1 Zweimal Landschaft
D2 Aufgaben

Fotos: oben: Burg Hohenzollern (Stammburg der Familie Hohenzollern bei Hechingen (Baden-Württemberg). unten: Vierzehnheiligen, Wallfahrtskirche in Oberfranken (Bayern). 1743-1772 erbaut, Baumeister Balthasar Neumann (1687 -1753); eine der schönsten Wallfahrtskirchen des Barock.

Nach der Lektüre des Textes D1 und der Beantwortung der Fragen aus D2 in der Gruppe diskutieren, inwieweit die Landschaften auf den Fotos dem Landschaftsbegriff im Text entsprechen. Bei größerem Interesse der KT die Fotos evtl. zum Anlaß zu nehmen, eine Bildbeschreibung zu versuchen.

Lösungen:
1. Alltäglich: Altube: 6-12, 18-25; Saña: 3-7, 12, 16-26; naturwissenschaftlich: Altube: 3, 14-18, Saña: 8 -11.
2. Grün, abwechslungsreich, naß, lebendig, lieblich, verbraucht, vermenschlicht, entnaturalisiert, grün-lieblich: a) Altube: negativ; b) die Deutschen: meist positiv.
3. Lieblich (versuchen, per Wörterbuch den am wenigsten schlechten/unpassenden Ausdruck in der Sprache der KT zu finden).
4. Argentinisch: keine Abwechslung, flach – deutsch: abwechslungsreich, grün, gebirgig.
5. Sie glaubt, daß die deutsche Vorstellung von Landschaft zu einer kaputten (*verbraucht* etc.) Landschaft führt/geführt hat.
6. Wüstenartig, voller Mangel, öde. Auf die Deutschen wirkt das exotisch, wild, aufregend.
7. Etwas Poetisches und Metaphysisches liegt in der deutschen Landschaft: Ausmaß, Dichte, Tiefe, Zauber, intimstes Refugium der Einsamkeit.
8. Ohne den deutschen Wald hätte es keine Romantik gegeben. Im Wald liegt etwas Poetisches und Metaphysisches/Mystisches.
9. Altube: negativ: entnaturalisiert; Saña: positiv: romantisch.

Dies ist die einzige Stelle in dieser Natur-Lektion, in der Romantik vorkommt. Falls Sie eine literaturwissenschaftlich/literarisch gebildete oder interessierte Gruppe von KT haben, könnte man an dieser Stelle etwas tiefer in den Themenbereich Romantik einsteigen, z. B. mit einem romantischen Gedicht oder mit einem (hier etwas gekürzten/sprachlich vereinfachten) Auszug aus *Heinrich von Ofterdingen* des romantischen Schriftstellers Novalis (1772-1801).
Die von Novalis erträumte blaue Blume ist das Sinnbild der Sehnsucht, des ewigen Unbefriedigtseins mit dem Alltagsleben und das Verlangen nach einem idealen, allerdings kaum bestimmbaren Gegenstand. Blau ist die Farbe des Himmels und der unerreichbaren Ferne. Daß nur der Traum zur übernatürlichen Wirklichkeit führen kann, ist ein romantisches Motiv.

Die blaue Blume

Der Jüngling träumt von (unabsehlichen) Fernen und wilden, unbekannten Gegenden. – Endlich gegen Morgen, wie draußen die Dämmerung anbrach, wurde es stiller in seiner Seele. Es kam ihm vor, als ginge er in einem dunklen Walde allein. Je höher er kam, desto lichter wurde der Wald. Endlich gelangte er zu einer kleinen Wiese, die am Hange des Berges lag. Was ihn (aber) mit voller Macht anzog, war eine hohe, lichtblaue Blume. Rund um sie her standen unzählige Blumen von allen Farben, und der köstliche Geruch erfüllte die Luft. Er sah nichts als die blaue Blume und betrachtete sie lange mit unnennbarer Zärtlichkeit. Endlich wollte er sich ihr nähern, als sie auf einmal sich zu bewegen und zu verändern anfing: die Blume neigte sich nach ihm zu, und die Blütenblätter zeigten einen blauen, ausgebreiteten Kragen, in welchem ein zartes Gesicht schwebte. Sein süßes Staunen wuchs mit der sonderbaren Verwandlung – als ihn plötzlich die Stimme seiner Mutter weckte und er sich in der elterlichen Stube fand, die schon die Morgensonne vergoldete.

E1 Was heißt hier Natur?

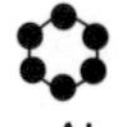

Zuerst die Abbildung (Titelblatt der Zeitschrift *Natur* 12/1983) besprechen. Gibt die Zeichnung einem eine Idee davon, womit sich der folgende Text beschäftigt? Es handelt sich um einen sehr schwierigen Text, der aber für die Textsorte (populäre) Fachliteratur nicht untypisch ist. Das von der Auswertung geforderte Textverständnis ist nicht sehr detailliert. Entscheiden Sie bitte, ob Sie vom Inhalt und von der Schwierigkeit her Ihren KT diesen Text „zumuten" wollen.

Lösungen:
2. Natürlich gibt es Natur (Zeilen 1-12). – Die Flucht in die unberührte Natur (Zeilen 12-21). – Zwei Naturbegriffe (21-33). – Naturwissenschaftler als Umweltschützer (33-41).
3. Unabhängigkeit vom Tun des Menschen – Romantik, Ideal der von Menschen unberührten Natur, Gegenbild zu ausbeutender Ökonomie, Asyl (weg von der Arbeit) – zwei Naturbegriffe, exakte Wissenschaft, idealer Begriff in der Tradition von Aufklärung und Romantik – Naturwissenschaftler, Natur- und Umweltschutz.

E2 Erweiterte Nominalgruppe

Zu unterstreichen sind die Substantive am Ende der Nominalgruppe. Danach kann man das Partizip/Adjektiv identifizieren und die Erweiterungen bestimmen.

E3 links links links ...

Nur behandeln, wenn es grammatische „Links-Rechts-Probleme" gibt.

E4 Lesestrategie

Lösungen:
1a) 1. ganze Nominalgruppe: einen in einem Lexikonverlag arbeitenden Geographen mit Namen Paul Meyer (Ergänzung) – 2. Kern: einen Geographen – 3. Attribut rechts: mit Namen Paul Meyer – 4. Attribut links: arbeitenden – 5. Erweiterungen: in einem Lexikonverlag (wo?)
1b) 1. ganze Nominalgruppe: ein von einem jungen Mann gesungenes Lied über die Liebe (Subjekt) – 2. Kern: ein Lied – 3. Attribut rechts: über die Liebe – 4. Attribut links: gesungenes – 5. Erweiterungen: von einem jungen Mann (von wem?)
1c) 1. ganze Nominalgruppe: das im letzten Jahrhundert begonnene Wörterbuch der Brüder Grimm (Subjekt) – 2. Kern: das Wörterbuch – 3. Attribut rechts: der Brüder Grimm – 4. Attribut links: begonnene – 5. Erweiterungen: im letzten Jahrhundert (wann?)
1d) 1. ganze Nominalgruppe: in einer im Zweiten Weltkrieg zerstörten Stadt an der Grenze zu Frankreich (Ergänzung) – 2. Kern: in einer Stadt – 3. Attribut rechts: an der Grenze zu Frankreich – 4. Attribut links: zerstörten – 5. Erweiterungen: im Zweiten Weltkrieg (wann?)
1e) ganze Nominalgruppe: in den Alpen gelegene Städte mit weniger als 10 000 Einwohnern (Subjekt) – 2. Kern: Städte – 3. Attribut rechts: mit weniger als 10 000 Einwohnern – 4. Attribut links: gelegene – 5. Erweiterungen: in den Alpen (wo?)
1f) 1. ganze Nominalgruppe: von Horst Krüger geschriebene Briefe über den Frühlingsbeginn in Europa (Ergänzung) – 2. Kern: Briefe – 3. Attribut rechts: über den Frühlingsbeginn in Europa – 4. Attribut links: geschriebene – 5. Erweiterungen: von Horst Krüger (von wem?)

2. das Ideal der vom Menschen unberührten Natur; eine die Natur mehr und mehr ausbeutende Ökonomie; für den sonntags aus der Welt der Arbeit fliehenden Menschen; immer mehr politisch denkende Naturwissenschaftler

F1 Deutsche Stimmen zum Thema „Natur" und „Naturschutz"

HV-Text auf der Cassette:

Liebe Zuhörer,

die Themen Natur, Umweltschutz, Waldsterben sind in aller Munde. Deswegen stellten wir vor dem Hamburger Dammtor-Bahnhof dem sogenannten Mann auf der Straße ein paar Fragen zum Thema Natur und Freizeit.

Entschuldigen Sie, dürfen wir Ihnen ein paar Fragen stellen zum Thema „Natur und Freizeit"?
Was wollen Sie? Nee, das interessiert mich nicht. Meine Freizeit verbringe ich zu Hause vor dem Fernseher.

Entschuldigung, darf ich Ihnen ein paar Fragen zum Thema Natur stellen, ja? Was machen Sie zum Beispiel in Ihrer Freizeit? Fahren Sie am Wochenende öfters mal raus aus der Stadt?
Ich? Sicher. Ich fahre sonntags regelmäßig in den Wald zum Spazierengehen. Da bin ich allein mit mir und der Natur. Da gibt es nur Natur: die Vögel zwitschern, der Wind in den Bäumen. – Da kann ich meinen Gedanken nachhängen. Ich bin jeden Sonntag im Wald. Wer weiß, wie lange es überhaupt noch Wald gibt. Ich brauche das, manchmal laufe ich den ganzen Tag, so 25 Kilometer, und treffe kaum jemand ...
Entschuldigen Sie, wir kommen vom Rundfunk. Darf ich Ihnen ein paar Fragen stellen zum Thema Natur und was das für Sie bedeutet?
Gern. Ich bin Kindergärtnerin; den ganzen Tag hab' ich den Lärm der Kinder um mich rum. Klar, da braucht man die Natur zur Erholung. Unbedingt. Ohne diesen Ausgleich geht gar nichts.
Ist das zum Beispiel wichtig für die Planung Ihres Urlaubs?
Sicher. Im Urlaub kommt nur Natur in Frage. Ich fahre regelmäßig mit meinem Mann in die Alpen nach Österreich. Na ja, wir sind nämlich Hobby-Bergsteiger. Haben Sie das auch schon einmal gemacht? Nur dann können Sie wissen, was man da hoch oben für Gefühle hat: über allem sein, diese Weite, einfach – einfach glücklich sein ...
Und wie ist das mit Ihnen? Wo und wie verbringen Sie Ihre Freizeit? Sind Sie in der Freizeit zum Beispiel gern in der Natur oder lieben Sie mehr den Kontakt zu anderen Leuten?
Ob ich meine Freizeit in der Natur verbringe? Natürlich! Ich bin kein Typ für Gruppenreisen, wissen Sie. Ich muß ab und an Natur um mich herum haben, und das geht nun mal viel besser allein. Das heißt mit meiner Familie. Wir fahren im Frühjahr und im Herbst immer ein paar Tage an die Nordsee. Da laufen wir am Strand lang und genießen den Himmel und die Wolken, Wind und Wellen. Das ist für mich wirkliche Erholung.
Entschuldigen Sie. Sie haben gerade mehrere Gartengeräte eingekauft. Wahrscheinlich haben Sie einen Garten. Würden Sie mir zum Thema Natur und Freizeit ein paar Auskünfte geben?
Sie haben recht. Ich besitze einen Garten, einen großen sogar, etwas außerhalb von Hamburg. – Aber was wollen Sie nun genau wissen?
Na ja, zum Beispiel welche Rolle spielt Ihr Garten, die Natur allgemein in Ihrer Freizeit?
Mein Garten ist mein ein und alles. Jede freie Minute verbringe ich dort. So kann ich nämlich am besten meinem Hobby nachgehen. Ich bin – müssen Sie wissen – Mitglied im Bund für Vogelschutz. Jedes Wochenende fahre ich raus zu unserem Garten mit dem kleinen Wochenendhäuschen. Direkt an unser Grundstück grenzt ein riesiger Park mit schönem alten Baumbestand. Dort nisten eine ganze Menge seltener Vogelarten. Und die beobachte ich. Ich führe Statistiken, zähle sie, beringe die Jungvögel etc. etc. Vor zwei Jahren war ich als Vogelwart mal für acht Wochen an der Ostsee in einem Naturschutzgebiet – ich sage Ihnen, eine tolle Aufgabe ...
Verzeihung. Wir machen eine Umfrage unter Hamburger Bürgern zum Thema Natur. Wie ist zum Beispiel Ihr Verhältnis zu Natur und Freizeit?
Also, ehrlich gesagt, ich kann das ganze Gerede von Naturschutz und Waldsterben schon gar nicht mehr hören. Natürlich mag ich Grünes, meinen Garten zum Beispiel. Aber man kann's auch übertreiben. Heute geht's doch den Leuten nur deshalb so gut, weil unsere Wirtschaft floriert. Wenn da einige sagen, wir dürfen keine Autobahnen oder Flughäfen mehr bauen, dann schneiden wir uns doch nur ins eigene Fleisch. Dann gehen wieder Arbeitsplätze kaputt und wir haben nur noch mehr Arbeitslose. Nee, so geht das nicht mit dem Umweltschutz. Gut leben wollen doch schließlich alle ...

K

	ja	nein	?	wann	wo	warum
1		×				
2	×			sonntags	im Wald	allein mit Natur
3	×			Urlaub	Berge	Erholung, Glück
4	×			Urlaub	Nordsee	Erholung
5	×			Wochenenden	Garten	Vogelschutz
6		× oder ×			Garten (?)	

Lösungen zu den Fragen zum letzten Interview: a) bringt Argumente gegen den Naturschutz – b) Umweltschutz macht Arbeitsplätze kaputt.

G Natürliches im Sprichwort

Lösungen:
Oben von links nach rechts: 2 – 6 – 1; unten von links nach rechts: 3 – 5 –4.

Hinweise zum Arbeitsbuch

Zu Aufgabe 2: In jedem Land, in jeder Kultur gibt es „Manifestationen", die von den Einheimischen sofort als Signal für etwas Bestimmtes erkannt werden. Den Besuchern fallen sie als etwas Typisches, von ihrem Land Unterschiedliches auf, häufig ohne daß sie deren Bedeutung sofort erkennen oder richtig interpretieren.
Was ist in Deutschland z. B. für bestimmte Jahreszeiten typisch?
Bei dieser Aufgabe kommt es weniger darauf an, daß die Zugehörigkeit der Bilder zu einer bestimmten Jahreszeit auf Anhieb richtig erkannt wird. Wichtig ist, daß die Kursteilnehmer versuchen, genau zu beschreiben, was sie sehen, daß sie daraus Rückschlüsse ziehen, Vermutungen anstellen und darüber diskutieren.

Frühlingsbilder:

Bild 4: Die Bäume tragen keine Blätter. Man sieht, daß es wohl nicht Herbst ist, weil keine Blätter mehr auf dem Boden liegen. Sie sind vermutlich von der Stadtreinigung längst entfernt worden. Menschen gehen spazieren, sie tragen Jacken, z. T. geöffnet (wenn Winter wäre, würden sie wahrscheinlich Mantel, Mützen und Schals tragen), es ist also ziemlich warm. Im Hintergrund kann man ahnen, daß Enten gefüttert werden (typisch Frühling).

Bild 7: Der Strauch im Garten ist für das Osterfest (März oder April) mit bunten, ausgeblasenen Eiern geschmückt. Das sieht man vor allem in Norddeutschland.

Sommerbilder:

Bild 1: Die Betten, die in den Fenstern liegen, zeigen, daß wahrscheinlich Sommer ist: Das Bettzeug wird am Morgen zum Lüften in die Fenster gelegt, im Sommer ist die Luft auch am Morgen oder frühen Vormittag trocken. (Das Bettzeug soll ja nicht feucht werden.) Man kann davon ausgehen, daß es Vormittag ist, denn in der Regel werden die Betten vor der Mittagszeit wieder hereingeholt. „Was würden sonst die Nachbarn denken?!"

Bild 2: Gemeinschaftliches spätes Frühstück einer Gruppe (Kaffeetassen, Milchkrüge, Eierbecher stehen auf dem Tisch) im Garten auf der Sonnenseite des Hauses. Die Fenster sind geöffnet, damit die Sonne hineinströmen kann.

Herbstbilder:

Bild 3: Im November, wenn es schon um halb fünf oder fünf Uhr dunkel wird, machen viele Kindergarten- und Grundschulkinder einen Laternenumzug.

Bild 6: Das von den Bäumen gefallene Laub wird von der Stadtreinigung eingesammelt.

Winterbild:

Bild 5: In einem Baum hängt ein sogenannter Meisenknödel (mit Fett zu einer Kugel zusammengeballte Körner) als Futter für die Vögel im Winter, wenn Schnee die Erde bedeckt. Allerdings liegt auf diesem Bild (noch?) kein Schnee, dennoch ist es ein typisches Winterbild.

Zu Aufgabe 8: die Struktur *haben + zu* in der Bedeutung *müssen* wird hier wegen der strukturellen Nähe zu *sein + zu* neu eingeführt.

Zu Aufgabe 18: Diese Zeitungsinformation zeigt sehr schön, daß auch Umfragen und Interpretationen von Umfrageergebnissen kulturell geprägt sein können.
So ist schon die Fragestellung, die dieser Statistik vermutlich zugrunde liegt (Wie oft gehen Sie spazieren/ins Grüne? o. ä.), typisch für das Freizeitverhalten von Deutschen. Noch interessanter aber ist die Bewertung der Ergebnisse. So wird in der Zeitung berichtet, daß „nur" 13 Prozent sehr oft Ausflüge ins Grüne unternehmen und sich „immerhin" noch 19 Prozent ziemlich oft zu Spaziergängen oder Wanderungen aufraffen usw. Diese Wertungen sind nur vor dem Hintergrund früherer größerer Wanderleidenschaft und Naturbegeisterung von vielen Deutschen zu verstehen. Aus der Perspektive von Bewohnern anderer Länder und Erdteile, wo man in der Natur nicht „spazierengeht" oder „wandert", könnten dieselben Zahlen als sehr hoch erscheinen.

Lektion 9		
Thema	Deutsche Geschichte im 20. Jahrhundert Text- und Bildausschnitte aus dem Film *Heimat* Wirtschaftskrise und Kulturblüte in der Weimarer Republik Verfolgung und Kriegspolitik in der Diktatur Wiederaufbau der zwei deutschen Staaten Multikulturelle Gesellschaft in der Zukunft?	A-D A1, B1, C1, D1 A B1, B5, B7 C D4, D5
Grammatik	Konjunktiv II: Formen Bedingungssätze; Wortstellung Konjunktiv II: Bedeutung Irreale Vergleichssätze	B2, B3 B2, B4, B6 C4, C5 C8
Phonetik	Laute und Orthographie: Kurzer Vokal und Konsonant Intonation: Bedeutung, Wortakzent und Orthographie	
Projekt	Wirtschaftliche Entwicklung nach dem Ersten Weltkrieg Deutschlandbild im Land der KT (1933-1945)	A3 B7

Hinweis:
Materialien zu den politischen Entwicklungen der Jahre 1989/90 finden Sie in SB2, Arbeitsheft Lektionen 9-10, S. 79-85. **Z**

Auftaktseite

i Titel des politischen Wochenmagazins *Der Spiegel* und Titel des Buches zum Film *Heimat* sowie Auszüge aus zwei Besprechungen aus dem *Spiegel* und aus der *Süddeutschen Zeitung* (*SZ*).
Heimat ist eine filmische Chronik in elf Teilen von Edgar Reitz, die erstmalig 1984 im Deutschen Fernsehen gezeigt wurde, danach weltweit im Fernsehen und auf Filmfestivals lief und vielfach preisgekrönt wurde. Die Chronik des Lebens der Bewohner des Dorfes Schabbach im Hunsrück wird zur Chronik der deutschen Geschichte im 20. Jahrhundert.

Die Filmbilder und Drehbuchausschnitte in A1, B1, C1 und D1 führen jeweils in ein Stück deutscher Geschichte des zwanzigsten Jahrhunderts ein. Je nach Interesse der KT können die *Heimat*-Ausschnitte bloßer Rahmen bleiben oder zum Gegenstand werden, um den herum man Filmausschnitte als Hörsehverständnis, Rezensionen o. ä. gruppiert. Ein Rekapitulieren der Arbeit mit dem *Heimat*-Begriff aus Lektion 6 wäre bei einer ausführlichen Beschäftigung mit dem Film an den Anfang zu stellen. Aber auch wenn die Filmbilder und Texte nur Rahmen sind, wäre es sicher für die KT interessant genug, die Bilder zum Laufen zu bringen, einige Ausschnitte zu zeigen. Ausleihbar ist *Heimat* z. B. in den Bibliotheken des Goethe-Instituts (auf VHS).

i Literatur: Reitz, Edgar/Steinbach, Peter: *Heimat. Eine deutsche Chronik.* Nördlingen: Greno 1985
Reitz, Edgar: *Heimat. Eine Chronik in Bildern.* München: Bucher 1985

A1 Aus dem Drehbuch „Heimat“

Hören, Bilder ansehen. Was sieht man, was machen die Leute, wodurch unterscheiden sich Bild 1 und 3 usw.? Danach noch einmal hören und versuchen, die Aufgaben zu lösen.
Wörter zu den Bildern: die Perforierung (des Films) (= die Löcher auf beiden Seiten des Filmstreifens), das Tuch, ein Denkmal enthüllen, das Dorf.

Vollständiger Text des Liedes *Ich hatt' einen Kameraden*:

1. Ich hatt' einen Kameraden, einen bessern findst du nit.
   Die Trommel schlug zum Streite, er ging an meiner Seite
   im gleichen Schritt und Tritt, im gleichen Schritt und Tritt.
2. Eine Kugel kam geflogen, gilt sie mir oder gilt sie dir?
   Ihn hat sie weggerissen, er liegt zu meinen Füßen,
   als wär's ein Stück von mir.
3. Will mir die Hand noch geben, derweil ich eben lad'.
   „Kann dir die Hand nit geben, bleib du im ew'gen Leben
   mein guter Kamerad!“

Den Text schrieb Ludwig Uhland (1787-1862) im Jahre 1809, die Musik stammt von Friedrich Silcher (1789-1860). Das Lied, in dem der Tod eines Kriegskameraden beklagt wird, wurde (und wird) bei Trauerfeierlichkeiten für die Gefallenen der Weltkriege immer wieder gesungen.

Lösungen:
1b) (einmeißeln: in den Stein „schreiben“, in den Stein gehauen sein); 2c)

A2 Inflation und Arbeitslosigkeit in der Weimarer Republik

Inflationsgeldschein aus dem Jahre 1923

Lösungen:
1. Inflation am höchsten: 20. November 1923; Arbeitslosigkeit am höchsten: 1932/33 (Machtergreifung Adolf Hitlers).

2a)
Die Arbeitslosigkeit war schon vor der Weltwirtschaftskrise sehr hoch (knapp 2 Millionen). Während der Krise stieg die Zahl der Arbeitslosen von 2,8 Millionen (1929) über 3,2 und 4,9 Millionen bis auf 6 Millionen in den Jahren 1932 und 1933. Nach der Machtergreifung durch die Nationalsozialisten sank die Zahl der Arbeitslosen kontinuierlich.
Dies wird für viele KT verwirrend sein; wenn sie die Arbeitslosenstatistik beschreiben, scheinen sie automatisch etwas Gutes über Hitler zu sagen.
Gründe für den Rückgang der Arbeitslosigkeit diskutieren: Rüstungsindustrie, Arbeitsbeschaffungsmaßnahmen (Arbeitsdienst), Autobahnbau zur Herstellung einer Infrastruktur für den späteren Krieg, „Schaffung von Arbeitsplätzen“ durch rassistische und politisch motivierte Entlassung/Verfolgung/Vertreibung/Ermordung von Arbeitsplatzinhabern etc.

A4 je – desto

Lösungen:
Zum Beispiel: Je länger, desto lieber; je lauter, desto schöner; je älter, desto teurer; je interessanter, desto besser.
Die KT sollen Kombinationen bilden und überlegen, worauf man sie beziehen könnte: *je älter, desto teurer* (guter Wein); *je länger, desto besser* (Ferien) etc.

A5 Die „Goldenen Zwanziger" in Berlin

Berlin in den sogenannten „Goldenen Zwanzigern" steht für Leben, Tempo, Dekadenz, Vielfalt von Kunst und Kultur, für eine europäische Metropole voller Lebenslust, Verkehr, Tempo und Hektik. Die Zahlen in der Mitte geben einen faktischen Überblick über die Vielfalt kultureller Ereignisse, die Bilder sollen einen optischen (die Musik in A6 einen akustischen) Eindruck vermitteln. Man kann sich vorstellen, daß sie sich wie auf einem Karussell drehen, immer schneller, immer hektischer, dem Zusammenbruch entgegen.
Mit der kulturellen Entwicklung Berlins nach 1990 vergleichen.

W

1. als Hausaufgabe geben/mit Wörterbuch arbeiten lassen.

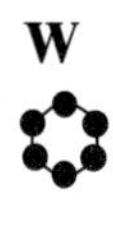

2. und 3. Hier kommt es nicht darauf an, „richtig" zu raten; es geht darum zu vergleichen, mit welchen Titeln man welche Bilder assoziiert.
Unterschiedliche Meinungen unter den KT sollten nicht zur „falsch-richtig" Entscheidung führen, sondern zu Äußerungen der Art *Aber für mich ist das ...* .

Zu den Abbildungen:

Bild 1:
Kulisse zu einer Aufführung von Mozarts *Die Zauberflöte* in der Berliner Krolloper aus dem Jahre 1929. Entwurf: Ewald Dülberg. In der Aufnahme von Bauhauskonzepten kommt durch Abstraktion und Formalisierung eine Ästhetik auf die Bühne, die sich auf die Funktionalität der Theaterelemente bezieht (zu *Bauhaus* vgl. Auftaktseite L2).

Bild 2:
Berlin – Symphonie einer Großstadt lautet der Titel eines Films von W. Ruttmann aus dem Jahre 1927. Der Film gibt einen Tag in Berlin wieder: Tagesanbruch – ein Schnellzug kommt an – die Stadt wacht auf – Arbeiter begeben sich in ihre Fabriken. Tagesablauf – Stillstand – sportliche Betätigungen – Berlin bei Nacht.
Der Film ist eine ideale Ergänzung zu den Bildern und der Musik in A6. Er vermittelt einen Eindruck von der Faszination Berlins als europäischer Metropole in den 20er Jahren. Versuchen Sie, den Film oder Filmausschnitte über Inter Nationes oder das Goethe-Institut zu bekommen.

Bild 3:
Die Schauspielerin Agnes Straub als Lady Macbeth in einer für die 20er Jahre nicht ganz untypischen „aktualisierten" Inszenierungsweise, die versucht, Klassiker in aktuellen Kostümen (20er Jahre) auf die Bühne zu bringen.

Bild 4:
Szenenbild aus einer Aufführung der Operette *Die Blume von Hawaii* von Paul Abraham im Metropoltheater Berlin im Jahre 1931. Es steht hier stellvertretend für die mit Zivilisationsflucht und Paradiesträumen verbundene umfangreiche Beschäftigung mit „exotischen" Schauplätzen während der 20er Jahre.

Z

Im Zusammenhang mit dem „Heimat"-Thema der Lektion ließe sich vielleicht das folgende Lied aus dieser Operette verwenden:
Ein Paradies am Meeresstrand
Das ist mein Heimatland
Es duftet süß
Ein buntes Meer
Von Blüten ringsumher
Dort, wo die schlanke Palme rauscht
Mein Herz dem Banjo lauscht
Ein Paradies am Meeresstrand
Das ist mein Heimatland.

Bild 5:
Comedian Harmonists (s. Erklärungen zu A6)

Bild 6:
Ein hervorstechendes Merkmal der kulturellen Szene der 20er Jahre ist die Beschäftigung mit Amerikanischem, nicht zuletzt in der Begeisterung für Jazz und Revuen mit ihren Tanzgruppen von langbeinigen Mädchen (Girls). Die „Tiller-Girls" gehörten zu den bekanntesten Revuenummern. Die Revuen waren ungeheuer populär und hatten kaum weniger als 500 Mitwirkende. Sie dienten der Zerstreuung, der Unterhaltung, der „Flucht" in die Träume und wurden daher von der „linken" Kritik entsprechend mißtrauisch betrachtet.
Falls die „Goldenen Zwanziger" bei den KT großes Interesse/den Wunsch nach einer „Zugabe" hervorbringen: Einen ausführlichen und reich bebilderten Überblick findet man in dem Katalog *Weimarer Republik*, herausgegeben vom Kunstamt Kreuzberg (Berlin) und dem Institut für Theaterwissenschaft der Universität Köln 1977, erschienen bei Elefanten Press.

A6 Ich hab' für dich 'nen Blumentopf bestellt

Mit der technischen Entwicklung im Bereich der Tonaufnahmen war zum ersten Mal die Voraussetzung für die massenhafte Verbreitung von Unterhaltungsmusik geschaffen. Die Begeisterung für amerikanischen Jazz und Interpreten wie Marlene Dietrich, Zarah Leander, Hans Albers oder die Comedian Harmonists stehen als Markenzeichen für die Unterhaltungsmusik der 20er Jahre.

i Die Comedian Harmonists haben ihren eigenen „Sound" geschaffen, ihr Schicksal – 1935 Auftrittsverbot, Spaltung der Gruppe in eine in Deutschland bleibende und eine im Exil; beide können bei weitem nicht an die Erfolge der Originalgruppe anknüpfen – kann als eine Illustration zur deutschen Geschichte verwendet werden. Ausschnitte aus einer Fernsehdokumentation von Eberhard Fechner *Die Comedian Harmonists* könnten an dieser Stelle als Hörsehverständnis herangezogen werden. Als Buch gibt es: Fechner, Eberhard: *Die Comedian Harmonists*. Sechs Lebensläufe. Berlin: Quadriga 1988.

Musik hören und wirken lassen. Nur bei stärkerem Interesse der KT ausführlicher auf den Text eingehen.

Lösungen:
Das Lied beginnt mit a); dann 1.c); 2.f); 3.a); 4.d); 5.a); 6.b); 7.g); 8.e); 9.a)

B1 Aus dem Drehbuch „Heimat"

i In Szene 318 und 319 geht es um eine Ferntrauung. Die Braut Martha ist in Schabbach (in der Heimat), der Bräutigam Anton, in Schabbach aufgewachsen, ist als deutscher Soldat bei einer Propagandakompanie in Rußland. Die Ferntrauung wird von der Propaganda inszeniert: Die Feier wird in einer Schule in einem russischen Dorf gefilmt, um die Szene später in einer Filmwochenschau in deutschen Kinos zu zeigen.

Lösungen:
1. Die Erziehung.
2.a) Der Soldat Anton (er ist im Krieg) heiratet Martha.
2b) Anton befindet sich im Krieg/an der Front; Martha ist in der Heimat/im Dorf/in Schabbach.
2c) Das sind die Plätze für die Braut bzw. für den Bräutigam, die frei sind, weil sie an verschiedenen Orten sind.
2d) Sie glaubt, daß die Soldaten hungern, frieren (und sterben).
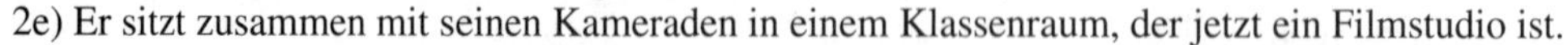
2e) Er sitzt zusammen mit seinen Kameraden in einem Klassenraum, der jetzt ein Filmstudio ist.

2f) Im Text direkt gibt es keine Antwort darauf. Die KT müssen spekulieren: Soll die Heimatverbundenheit der Soldaten zeigen, daß es ihnen gut geht, daß es im Krieg auch menschlich zugeht, daß die Nazis sich um die Institution Familie kümmern usw.?

B2 Wenn jeder eine Blume pflanzte

i Peter Härtling: Schriftsteller, 1933 in Chemnitz geboren, 1967-1973 literarischer Leiter des Fischer-Verlages, Lyrik, Romane, Kinderbücher; einer der wenigen deutschsprachigen Schriftsteller, die sowohl Kinder- als auch Erwachsenenliteratur verfassen.

Lösungen:
1. Krieg: schießen, mit Geld zahlen (?), von seiner Stärke schwärmen, schlagen, sich in Lügen verstricken
Menschenzeit: Blumen pflanzen, tanzen, mit Lächeln zahlen, einen anderen wärmen, als Alte wie Kinder werden, sich in den Bürden teilen (Bürde = Last)
Paradies: Antworten der KT diskutieren.
3. wär's noch lang kein Paradies (Zeile 12)
4. wenn: 6, 7, 8, 10; wenn jeder: 3, 4; dann: 12

B3 Konjunktiv II

Lösungen:
1. gleich: pflanzte, tanzte, zahlte, wärmte, schwärmte, verstrickte, teilten – verschieden: schlüge, würde, ließe, wäre, hätte.
2. Die unregelmäßigen Verben unterscheiden Präteritum und Konjunktiv II, die regelmäßigen Verben nicht.

B4 Bedingungssätze (1)

Lösungen:
1. Wenn der Geschäftspartner die fremden Sitten kennt, gibt es keine Mißverständnisse. Wenn der Geschäftspartner die fremden Sitten kennen würde, gäbe es keine Mißverständnisse. Wenn der Geschäftspartner die fremden Sitten gekannt hätte, hätte es keine Mißverständnisse gegeben.
2. Wenn die Industrie sauber produziert, ist die Luftverschmutzung kein Problem. Wenn die Industrie sauber produzieren würde, wäre die Luftverschmutzung kein Problem. Wenn die Industrie sauber produziert hätte, wäre die Luftverschmutzung kein Problem gewesen.
3. Wenn die Touristin Deutsch kann, braucht sie in Österreich keinen Dolmetscher. Wenn die Touristin Deutsch könnte, brauchte sie in Österreich keinen Dolmetscher. Wenn die Touristin Deutsch gekonnt hätte, hätte sie in Österreich keinen Dolmetscher gebraucht.
4. Wenn man internationale Sportveranstaltungen fördert, baut man Vorurteile ab. Wenn man internationale Sportveranstaltungen fördern würde, würde man Vorurteile abbauen. Wenn man internationale Sportveranstaltungen gefördert hätte, hätte man Vorurteile abgebaut.
5. Wenn man Reis anbaut, haben die Bauern Arbeit. Wenn man Reis anbauen würde, hätten die Bauern Arbeit. Wenn man Reis angebaut hätte, hätten die Bauern Arbeit gehabt.
6. Wenn der Student Angst vor Fehlern hat, kann er an der Diskussion nicht teilnehmen. Wenn der Student Angst vor Fehlern hätte, könnte er an der Diskussion nicht teilnehmen. Wenn der Student Angst vor Fehlern gehabt hätte, hätte er an der Diskussion nicht teilnehmen können.

B5 Die Bücherverbrennung am 10. Mai 1933

i

Karl Marx: vgl. Lektion 2, B2.
Heinrich Mann: Schriftsteller, 1871 (Lübeck) – 1950 (Kalifornien, Santa Monica), Werke u. a. *Professor Unrat* (verfilmt als *Der blaue Engel*) und *Der Untertan*. Wurde 1933 als Präsident der Preußischen Akademie der Künste zum Rücktritt gezwungen und emigrierte (Prag, Frankreich, Spanien, USA). Bruder von Thomas Mann.
Sigmund Freud: Nervenarzt, Vater der Psychoanalyse, 1856 (Freiberg/Mähren) – 1939 (London). Emigrierte 1938 nach London.
Kurt Tucholsky: Schriftsteller, 1890 (Berlin) – 1935 (Hindas, Schweden), Satiriker, Mitarbeiter der Zeitschrift *Weltbühne*.
Carl von Ossietzky: Publizist, 1889 (Hamburg) – 1938 (Berlin); Pazifist, Chefredakteur der Zeitschrift *Weltbühne*, in dieser Eigenschaft 1931 wegen „Landesverrats“ verurteilt, 1933 erneut verhaftet und in einem Konzentrationslager gefangen gehalten. 1935 erhielt er den Friedensnobelpreis, den er nicht annehmen durfte. Starb an den Folgen der Haft im Konzentrationslager.
Erich Kästner: Schriftsteller, 1899 (Dresden) – 1974 (München); bekannt als Autor für Erwachsene und Kinder/Jugendliche, u. a. *Emil und die Detektive* (1929), *Das doppelte Lottchen* (1949).

Lösungen:
... eine Verbrennung von Büchern – ... persönlich erschienen – ... er wurde erkannt – ... seine Bücher waren verboten/konnten nicht gekauft werden. – die Nazis Deutschland zugrunde richten würden.

B6 Bedingungssätze (2): Stellung des Verbs

Lösungen:
1. Wäre 1914 eine andere Politik gemacht worden, hätte es den Ersten Weltkrieg vielleicht nicht gegeben. 2. Hätte es in der Weimarer Republik nicht so viele Probleme gegeben, hätten die Menschen vielleicht mehr an die Republik geglaubt. 3. Wären die Nationalsozialisten nicht an die Regierung gekommen, hätte es wahrscheinlich keinen Zweiten Weltkrieg gegeben. 4. Hätte der Zweite Weltkrieg nicht stattgefunden, hätte es wahrscheinlich nicht zwei deutsche Staaten gegeben.
Im Anschluß an diese schlichte Grammatikübung könnte es sich lohnen zu überlegen, wie sinnvoll und aussagekräftig derartige Spekulationen zu historischen Entwicklungen sind.

C1 Aus dem Drehbuch „Heimat“ (1945-1948)

i Zu den Szenen 383, 386 und 392: Der Zweite Weltkrieg ist zu Ende. In Szene 383 wird dramatisiert, was als Begriff „Stunde Null“ bekannt ist: Das Ende des Krieges wird als Zäsur in der deutschen Geschichte angesehen; jetzt beginnt eine neue Zeit, so als ob vorher nichts gewesen wäre. In Szene 386 kehrt der Schabbacher Paul Simon in sein Heimatdorf zurück. Er hatte das Dorf in den 20er Jahren heimlich verlassen und war nach Amerika ausgewandert. Dort gründete er eine Fabrik für Radiogeräte. Auf dem mittleren Bild sieht man Paul, der die letzten Schritte in sein Heimatdorf zu Fuß zurücklegt, hinter ihm sein schwarzer Fahrer, dahinter sein amerikanisches Auto. In Szene 392 redet Lucie, Pauls Schwägerin, auf ihn ein. Sie hatte während des Dritten Reiches Pauls Bruder Eduard aus ehrgeizigen Motiven zu einer Bürgermeisterposition getrieben. Sie gefiel sich dabei vor allem als weltgewandte Gastgeberin der Naziprominenz. Darauf nimmt sie Bezug, indem sie die Namen *Rosenberg*, *Frick* und *Ley* nennt. Sie gibt damit auch zu verstehen, daß sie genau weiß, daß es jetzt die Amerikaner sind, von denen man profieren kann.

Lösungen:
2.a) Szene 383, Katharina: „Wenn die Kinner jetzt klug sin – da könne sie ganz von vorn anfange un alles besser mache.“
2.b) Szene 392: Lucie: ab „... weißt du, wir hatten ...“ bis Ende.

C2 1945-1949: (Über-) Leben

Lösungen:
1. Die britisch, französisch und amerikanisch besetzten Teile wurden zur Bundesrepublik Deutschland, ein Teil der russisch besetzten Gebiete wurde zur Deutschen Demokratischen Republik. Pommern, Schlesien und der südliche Teil Ostpreußens gehörten zu Polen, der nördliche Teil Ostpreußens gehörte zur UdSSR, d. h. das Gebiet östlich der Flüsse Oder und Neiße gehörte nicht mehr zu einem der beiden deutschen Staaten, ein Sachverhalt, der letztendlich erst 1990 im Zuge der Vereinigung von BRD und DDR auch im Westen Deutschlands endgültig und unwiderruflich anerkannt wurde.

2. bei Interesse der KT weiteres Bild- und Tonmaterial einbringen und als Hausaufgabe kleine Vorträge vorbereiten lassen.

C3 Auf der Suche nach Nahrungsmitteln

Wertgegenstände gegen Nahrungsmittel – das war zur Zeit direkt nach dem Krieg eine häufige Form der Tauschwirtschaft

C4 Höflichkeiten

Lösungen:
Wären Sie bitte ... – Könnten Sie bitte ... – Dürfte ich Sie ... – Würden Sie mir wohl ...

C5 Konjunktiv II (3): Bedeutung

Lösungen:
a)3.; b)1.; c)2.

C6 Nürnberg

Lösungen:
Linkes Bild: Stadt, gemütlich-bürgerlich, Meistersinger, es duftet der Flieder; mittleres Bild: Schutthalde, Grauen, Ruinen/Staub; rechtes Bild: Ruinen stehen lassen, neues Nürnberg nebenan.

Nürnberg: Stadt in Mittelfranken (Bayern); ca. eine halbe Million Einwohner, im 2. Weltkrieg schwer zerstört, nach dem Wiederaufbau ist jedoch das alte Stadtbild mit Burg (Nürnberg war eine der bedeutendsten Reichsstädte) noch zu erkennen.
Meistersinger von Nürnberg: In Nürnberg gab es um 1500 ca. 250 organisierte Sänger-Meistersinger. Sie wurden von Richard Wagner 1868 in dem Musikdrama *Die Meistersinger von Nürnberg* dargestellt.
Alfred Kerr, 1867 (Breslau) – 1948 (Hamburg): einer der einflußreichsten Literaturkritiker (besonders Theater) seiner Zeit in Berlin, emigrierte 1933 nach London.

C7 So tun als ob

Hellmuth Karasek: einflußreicher bundesdeutscher Literaturkritiker, arbeitet für das Nachrichtenmagazin *Der Spiegel.*

C8 Irreale Vergleichssätze

Nur solange üben, wie bei den KT Unklarheiten über die Wortstellung bestehen:
Er tat so, als ob ihn das nichts anginge.
Er tat so, als ginge ihn das nichts an.

D1 Aus dem Drehbuch „Heimat"

Zu den Szenen 466 und 467: Anton Simon (vgl. Szene 318/323) hat nach dem Zweiten Weltkrieg in Schabbach eine Fabrik für optische Geräte gegründet, die „Simonwerke". Es ist die Zeit des Wirtschaftswunders, der 50er Jahre. Deutschland erlebt einen starken wirtschaftlichen Boom. Für viele Unternehmen ist es schwierig, Arbeitskräfte zu bekommen. Aus diesem Grund veranstaltet Anton in der Dorfkneipe (Gasthof *Zur Linde*) einen Informationsabend, zu dem er die Jugendlichen aus der Region eingeladen hat.

Lösungen:
1. Er sucht Lehrlinge.
2. Erfinder; Unternehmer. Er arbeitet im optischen Bereich.
3. Er will sie animieren, bei ihm zu arbeiten. Das bedeutet eine Umstellung ihrer Lebensweise: Der Hunsrück ist ein traditionell landwirtschaftlich genutztes Gebiet; die Menschen arbeiten in der Landwirtschaft. Anton ist der erste des Dorfes, der ein Industrieunternehmen am Ortsrand gründet. Die Umstellung (vom Land- zum Industriearbeiter) will er bei den Jugendlichen bewirken, indem er sagt: *Was ich kann – könnt ihr auch.*

D2 Die fünfziger Jahre – die Zeit des Wirtschaftswunders

Lösungen:

2. Bild oben rechts: Fräuleinwunder; Pack die Badehose ein; Sand, Sonne, Strand; Urlaub; die Traumreise; die Reisewelle – Bild oben links: Pack die Badehose ein; Camping am See; Raus in die Natur – Bild Mitte links: 3:2 – Das Wunder von Bern; Fußballweltmeisterschaft 1954 – wir

haben gewonnen; Wir sind wieder wer. – Bild Mitte rechts: Das Radio fährt mit; Das erste eigene Auto; Man zeigt, was man hat. – Bild unten links: Wiederaufbau – Bild unten Mitte: Rock'n'Roll: Die Halbstarken – Bild unten rechts: Zu Hause ist es doch am gemütlichsten; gute Manieren bei Tisch – Bild ganz unten: Die Freßwelle; Nehmen Sie doch noch ein Häppchen ...

i Die Fußballweltmeisterschaft 1954 wurde überraschend von der BRD gewonnen (3:2 gegen Ungarn), sie gilt als erster Punkt in der Nachkriegsgeschichte, an dem die nationale Identifikation (an einem „unpolitischen" Gegenstand) empfunden und gezeigt werden kann und fällt mit dem ökonomischen Aufschwung (wir sind wieder wer – wir können kaufen, essen, reisen) zusammen. Interessanter Vergleichspunkt: 1990, im Jahre der Vereinigung, wird (West)Deutschland zum dritten Male (nach 1954 und 1974) Weltmeister und wird in Ost und West gleichermaßen bejubelt.
Weitere Informationen und Bilder über die fünfziger Jahre:
Siepmann, Eckhard; Lusk, Irene: *Bikini. Die fünfziger Jahre*. Berlin: Elefanten Press 1981.
Jungwirth, Nikolaus; Kromschröder, Gerhard: *Die Pubertät der Republik. Die 50er Jahre der Deutschen*. Berlin: Elefanten Press 1981.

Aufgabe 3:

Capri Fischer

Wenn bei Capri die rote Sonne im Meer versinkt
und vom Himmel die bleiche Sichel des Mondes blinkt,
zieh'n die Fischer mit ihren Booten aufs Meer hinaus,
und sie legen im weiten Bogen die Netze aus.
Nur die Sterne, sie zeigen ihnen am Firmament
ihren Weg mit den Bildern, die jeder Fischer kennt.
Und von Boot zu Boot das alte Lied erklingt,
hör' von fern, wie es singt:

Bella, bella, bella Mari,
bleib mir treu, ich komm zurück morgen früh!
Bella, bella, bella Mari, vergiß mich nie!

Sieh den Lichterschein draußen auf dem Meer
ruhelos und klein – was kann das sein –
was irrt dort spät nachts umher?
Weißt du, was da fährt?
Was die Flut durchquert?
Ungezählte Fischer, deren Lied von fern man hört.
Und von Boot zu Boot das alte Lied erklingt,
hör' von fern, wie es singt:

Bella, bella, bella Mari,
bleib mir treu, ich komm zurück morgen früh!
Bella, bella, bella Mari, vergiß mich nie!
Bella Mari, vergiß mich nie!

passende Schlagworte: Nach Italien, Reisewelle

D3 Die Berliner Mauer

Z Die Antworten stammen aus dem Jahre 1977. Materialien zur Zeit nach dem Fall der Berliner Mauer finden Sie in SB2, Arbeitsheft Lektionen 6-10, S. 79-85. Hier bietet es sich an, die Aussagen der Jugendlichen mit denen im Arbeitsheft S. 85 zu vergleichen.

Lösungen:
1. Zweck: Eva: Berlin wurde in zwei Teile geteilt. – Silke: trennt zwei Welten. – Frank: Damit die Menschen aus dem Osten nicht mehr fliehen konnten. – Jochen: ?
Folgen: Eva: Die Menschen denken schlecht voneinander. – Silke: Unglück für Familien. – Frank: Die Mauer wird schwer bewacht. – Jochen: Es gibt viele Grenzkontrollen.

HV-Text auf der Cassette:

Sprecher: Was weißt du von der Mauer?
Auf diese Frage antworteten Ulmer Schüler im Dezember 1977.

Eva, 13 Jahre
Mit der Mauer wurde Berlin in zwei Teile geteilt, in Ost- und West-Berlin. Ost-Berlin ist heute die Hauptstadt der DDR. Dieses Land ist – im Gegensatz zu uns – kommunistisch. Zur Zeit sind die Verhältnisse zwischen den beiden Ländern schlecht. In der BRD und DDR denkt jeder über den anderen schlecht.

Silke, 14 Jahre
Diese Mauer trennt zwei Welten, nicht nur Ost- und West-Berlin, sondern den Osten vom Westen. Sie hat vielen Menschen Unglück gebracht. Familien getrennt, denn viele wollten aus dem Osten fliehen.

Frank, 12 Jahre
Die Mauer steht wegen dem Krieg, weil der Ostblock ein anderes Wirtschaftssystem hat wie wir. Mehrere Leute sind im Krieg geflüchtet. Da hat die DDR gesagt „Es geht nicht so weiter!“ und hat dann die Mauer gebaut. Die Mauer wird schwer bewacht mit Selbstschußanlagen und Wachtürmen und Flutlicht für die Nacht.

Jochen, 9 Jahre
Wir sind zu Verwandten gefahren und kamen zur Grenze, da waren viele Grenzpolizisten und haben uns kontrolliert und unter die Sitze geguckt und unser Auto untersucht. Es hat ungefähr eine Stunde gedauert. An der Grenze war ein kleiner Berg und eine kleine Schlucht, und da sind wahrscheinlich die Selbstschußgeräte eingebaut. Es war ein richtig kleiner Dschungel. Da standen auch Zigeuner, und die haben sie doppelt durchsucht.

Sprecher: Im November 1989 änderte sich das Bild. Die Mauer öffnete sich, die Menschen aus Ost und West kamen zusammen, Berlin und Deutschland wurden vereinigt. Wie hat man in Ihrem Land auf das Ende der Mauer und auf die Deutsche Einheit reagiert?

Phonetik

Die Lernziele auf einen Blick:

♪ 1 Laute:	Lernhilfen für die Schreibung von Wörtern mit kurzen Vokallauten
♪ 2 Intonation:	Verschiedene Bedeutungen durch unterschiedliche Wortakzente – Zusammen- und Getrenntschreibung

♪ 1 Laute und Orthographie: Kurzer Vokal und Konsonant

Bei Schreibung der kurzen Vokallaute gibt es keine Schwierigkeiten. Sie werden grundsätzlich mit einfachem Vokalbuchstaben geschrieben. Allerdings hat der kurze Vokallaut Auswirkungen auf den folgenden konsonantischen Laut: dieser tritt fast immer in Form von mindestens zwei Buchstaben auf, und zwar in zwei Möglichkeiten:
a) Folgen dem kurzen Vokallaut zwei oder mehr konsonantische Laute, so werden sie mit den entsprechenden Buchstaben geschrieben:
Pfla*nz*e, La*mp*e, Go*ld*, fi*nd*en, Wu*rst*.
b) Grundregel: Folgt dem kurzen Vokallaut nur ein einzelner konsonantischer Laut, so muß dieser mit Doppelbuchstaben geschrieben werden:
Bri*ll*e, ko*mm*en.
Zwei Ausnahmen: Statt *kk* schreibt man *ck*!
Statt *zz* schreibt man *tz*!
Achtung bei einigen einsilbigen Wörtern: er ha*t*, zu*m*, mi*t*!

♪ 2 Intonation: Bedeutung und Wortakzent

Bestimmte Wörter tauchen als Pronominaladverbien (*dafür* = für das Kino) und als Teil eines Verbs (*dafür sein* = für etwas sein) auf.
Haben die Pronominaladverbien die Funktion von Satzverknüpfern, so steht der Wortakzent auf der ersten Silbe *da-*!
In der Verbform steht der Wortakzent gerade nicht auf *da-*!
Beim Lesen müssen die KT also die Bedeutung des entsprechenden Wortes im Satz blitzschnell erfassen, damit sie die richtige Akzentuierung wählen. Mit Tonbruchzeichen wäre die Intonation folgendermaßen zu zeigen:

Im Kino läuft /„Heimat“, aber /dafür will Hans \kein Geld ausgeben.

Sollen wir in den Film /gehen? Anna ist da\für.

♪ 2 Intonation: Bedeutung, Wortakzent und Orthographie

Hier handelt es sich um drei verschiedene, aber sehr ähnlich aussehende Verben, die unterschiedliche Wortakzente tragen:

/wie\derholen ≠ wieder/ho\len ≠ /ho\len, /wieder\holen (= erneut holen).

Unterschiedliche Satzakzente sind die Folge:

/Hans hat Anna ein \Buch geliehen. Da sie es bis jetzt nicht zu/rückgebracht hat, will er es sich heute \wiederholen.

Die /Kursteilnehmer wollen die /Ausspracheregeln wieder\holen.

Die /Lehrerin will den interessanten Film heute /wieder\holen. Er /steht in der Biblio\thek.

Auch in solchen Fällen ist inhaltsgerechtes Sprechen bzw. Vorlesen nicht möglich, solange die KT den Sinn der Sätze noch nicht verstanden haben.
An dieser Stelle genügt es, die KT auf diese Phänomene hinzuweisen. Viel Übungsmaterial ist auf dieser Stufe noch nicht vorhanden.

D4 In Kreuzberg fehlt ein Minarett

i Günter Grass, Schriftsteller, geb. 1927 in Danzig (heute: Gdansk, vgl. den Zusatztext zur Heimat „Danzig" von Günter Grass, S. 66), Romane u. a. *Die Blechtrommel* (1959), *Hundejahre* (1963), *Der Butt* (1977).

Lösungen:
1. Geborener B.: auf jeden Fall falsch: Spanier; gelernter B.: auf jeden Fall falsch: Italiener, der eine Reise macht.
Rest: Diskussionsanlaß.
Idiomatik: Das ist ein geborener Schauspieler (jemand mit viel Talent). Gilt das auch für „geborener" Berliner?
Aktuelle Diskussion: Braucht Berlin auch nach 1991 noch ausländische Neubürger? Ändert sich an der multikulturellen Forderung von Grass etwas, weil Berlin Hauptstadt geworden ist?

2. Er möchte den „geborenen" und den „gelernten" Berlinern alle Grundrechte geben.

D5 Wer hat welche Rechte?

Die „harmlos" aussehende Zuordnungsübung enthält inhaltlichen Sprengstoff. Warum gelten einige der Rechte in der deutschen Verfassung für alle Menschen, andere nur für Deutsche? Falls diese Frage bei den KT auf Interesse stößt, mit der Rechtslage im eigenen Land vergleichen und evtl. den folgenden (nicht gerade einfachen) Lesetext in die Diskussion einführen. Unter der Überschrift *Mensch oder Bürger* schreibt die Philosophin/Psychoanalytikerin Julia Kristeva in ihrem Buch *Fremde sind wir uns selbst*:

Z Die ganze Schwierigkeit, die die Frage des Fremden aufwirft, scheint bereits in der Sackgasse dieser Unterscheidung enthalten zu sein, die den Bürger vom Menschen trennt: Stimmt es nicht, daß man, um die den Menschen einer Kultur oder einer Nation ... eigenen Rechte zu etablieren, gezwungen ist, die Nicht-Bürger, das heißt andere Menschen, von eben diesen Rechten auszuschließen? Dieser Weg bedeutet – das ist seine letzte Konsequenz –, daß man gerade in dem Maß Mensch sein darf, wie man Bürger ist, daß der, der kein Bürger ist, kein voller Mensch ist. Zwischen dem Menschen und dem Bürger klafft eine Wunde: der Fremde. Ist er ein voller Mensch, wenn er kein Bürger ist? Wenn er keine Bürgerrechte genießt, besitzt er dann seine Menschenrechte? Wenn man den Fremden bewußt alle Menschenrechte gewährt, was bleibt davon tatsächlich, wenn man ihnen die Bürgerrechte abspricht?

Hinweise zum Arbeitsbuch

Zu den Aufgaben 2, 4, 8, 9, 15: Nach der Vereinigung der beiden deutschen Staaten ist das Interesse an der Ursache der Teilung und an Fragen zur deutschen Geschichte bei Deutschlernenden gestiegen. Auch in Deutschland selbst ist mit dem Bemühen um Aufarbeitung der Vergangenheit in der ehemaligen DDR die weiter zurückliegende gemeinsame Vergangenheit, d.h. die Zeit des Faschismus und die Zeit des Krieges, wieder stärker ins Bewußtsein gerückt. Dennoch: Die verhältnismäßig intensive Beschäftigung mit historischen Aspekten, die in den obengenannten Aufgaben zusätzlich zu den im Kursbuch enthaltenen Fragestellungen angelegt ist, sollte nur bei starkem Interesse in der Klasse angestrebt werden. Bei geringerem Interesse sollte man sich auf die Aufgaben im Buch beschränken oder sogar daraus noch auswählen.

Zu Aufgabe 22: Die meisten der hier abgedruckten Bilder sind während der Zeit vor und nach dem Fall der Berliner Mauer als Fernsehbilder um die Welt gegangen oder wurden in vielen Zeitschriften abgedruckt. An dieser Stelle sollte noch einmal die Chronologie der Ereignisse festgehalten werden (siehe Zeitleiste). Die Zuordnung der Bilder dürfte trotz des zum Teil unbekannten Wortschatzes nicht schwerfallen.
Die Reihenfolge der Bilder in der Leiste:
5, 10, 7, 6, 9, 1, 2, 8, 3 (Festakt in der Berliner Philharmonie), 4
Zu Bild 2: „Mauerspechte" nannte man die Leute, die mit dem Hammer Stücke aus der Berliner Mauer schlugen. „Der Specht" ist ein Vogel, der mit seinem kräftigen Schnabel zum Nestbau Löcher in Bäume hackt.

Zu Aufgabe 23: Die Grundrechte, die im „Grundgesetz" festgeschrieben sind, werden in der Regel in nominalisierter Form benannt. Man spricht von der „Meinungsfreiheit", von der „Unverletzlichkeit der Wohnung" usw. Deshalb wird diese zusätzliche Übung zu der Übung im Kursbuch angeboten.

Zu Aufgabe 24, 2: Inzwischen hat sich die Tschechoslowakei aufgelöst, so daß nur die „Tschechische Republik" eine gemeinsame Grenze mit Deutschland hat.

Zu Aufgabe 25: Die passenden Schlagwörter für die Epochen könnten lauten: 1906 – Großmachtpolitik Kaiser Wilhelms des II.; 1920 – Die „Goldenen Zwanziger"; 1930 – Weltwirtschaftskrise; 1933 – Machtergreifung; 1940 – Zweiter Weltkrieg; 1945 – Kapitulation; 1948 – Währungsreform; 1950 – Wiederaufbau; 1959 – Wirtschaftswunder; 1960 – Berlinkrise; 1970 – Studenten- und Jugendprotest (die 68er) und Neuanfang (Ostpolitik Willy Brandts).

Lektion 10		
Thema	Normen Sprachnorm: Normabweichungen, Fehler Funktion der Normverstöße soziale Normen sprachliche Regionalismen Intention und sprachliche Realisierung	A-D A1, A2 A3 A1, C1-C5 B1-B3 C3, C4
Wortschatz	Aufforderungen (höflich, unhöflich) Zusammengesetzte Wörter	C3 F
Grammatik	Imperativ: Bedeutung und Funktion Aufforderungen Zeichensetzung: Komma Satzgliedstellung: Nachfeld/Mittelfeld	C2 C3 D E
Phonetik	Der Laut [s], *ss* oder *ß* geschrieben?	
Projekt	Normen des eigenen Kulturraums	A2

Auftaktseite

4 Beispiele für Normen:
Oben links: *Der Knigge* ist in die deutsche Sprache als Wächter gesellschaftlicher Umgangsformen eingegangen. Adolph Freiherr von Knigge (1752-1796) war Schriftsteller in der Zeit der Aufklärung, heute weitgehend nur bekannt durch die Lebensregeln *Über den Umgang mit Menschen* (1788). **i**
Oben rechts: Der *Duden* ist eine Reihe von insgesamt 12 Bänden, in denen es um den deutschen Wortschatz und die deutsche Grammatik geht. *Die deutsche Rechtschreibung* beschreibt die verbindliche sprachliche Norm des Deutschen. Die anderen Bände sind Band 2: *Das Stilwörterbuch*; Band 3: *Das Bildwörterbuch*; Band 4: *Die Grammatik*; Band 5: *Das Fremdwörterbuch*; Band 6: *Das Aussprachewörterbuch*; Band 7: *Das Herkunftswörterbuch*; Band 8: *Die sinn- und sachverwandten Wörter*; Band 9: *Richtiges und gutes Deutsch*; Band 10: *Das Bedeutungswörterbuch*; Band 11: *Redewendungen und sprichwörtliche Redensarten;* Band 12 *Zitate und Aussprüche.*
unten: Beispiele für Bücher mit technischen und rechtlichen Normen. AGB = allgemeine Geschäftsbedingungen. BGB = Bürgerliches Gesetzbuch. Seit dem 1. 1. 1900 in Deutschland geltendes Gesetzwerk, in dem der größte Teil des allgemeinen Privatrechts geregelt ist.

A1 Norm – Sprachnorm

Vor der Beschäftigung mit A1 sammeln (Vorbereitung für A2): Was für Arten von Regeln, Normen, Gesetzen (geschriebenen und ungeschriebenen), Vorschriften etc. kennen die KT? Danach Text durchgehen.

Lösungen:
1. technische Normen (Deutsche Industrienorm – DIN), Gesetze = staatliche Vorschriften, soziale Normen (Konventionen, Sitten), Sprachregeln als soziale Normen.
2. Es sind soziale Normen, sie können sich ändern/sich entwickeln.
3. Radio und Fernsehen tragen zur Verbreitung der Standardsprache bei, sie transportieren und setzen die geltenden Normen (zusammen mit Zeitungen und Zeitschriften, Literatur etc.).
6. Der Duden – vor allem die Bände 1 und 4, *Die deutsche Rechtschreibung* und *Die Grammatik* – beschreiben im Deutschen das, was als korrektes Deutsch gilt.

Bei großem Interesse der KT kann man hier über das Verhältnis von Beschreiben und Vorschreiben weiterdiskutieren: Wie verbindlich ist eine Instanz, die Normen festlegt (z. B. die *Academie Française*); wie verbindlich kann/sollte/darf sie sein? Welche sozialen Konsequenzen hat das Nichtbefolgen von sprachlichen Normen?
Die Diskussion kann selbst in diesem Stadium, am Ende des zweiten Bandes von SB, noch partiell in der Sprache der KT geführt werden, wenn die angesprochenen Sachverhalte entsprechend komplex sind.
Das Thema Kreativität und Regelverstoß, das hier in den Zeilen 30-35 kurz angesprochen wird, sollte ausführlicher erst in A3 behandelt werden.

A2 Projekt

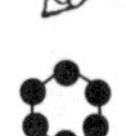

Die am Anfang von A1 gesammelten Normen erneut betrachten und überlegen, ob man nach der Lektüre von A1 noch weitere Beispiele hinzufügen möchte. Gesammelte Beispiele ordnen (technisch, sprachlich etc.) und eine oder zwei soziale Normen auswählen, von denen die KT annehmen, daß sie sich stark von deutschen Normen im entsprechenden Kontext unterscheiden werden. Normen beschreiben und dabei auch die sozialen Sanktionen nicht vergessen, die ein Nichtbefolgen dieser Normen nach sich zieht.

A3 Fehler?

Fehler und kreativer Regelverstoß. Gegenübergestellt sind zwei Texte, die von Nicht-Muttersprachlern verfaßt worden sind: in beiden häuft sich eine bestimmte Art von Verstoß gegen das Regelsystem der deutschen Sprache: bei den trennbaren Verben.
Beim ersten Text handelt es sich um Literatur: eine Textform, bei der wir Regelverstöße tolerieren/erwarten/ästhetisch positiv bewerten. Beim zweiten Text handelt es sich um einen Schüleraufsatz, bei dem jede Abweichung von der Norm korrigiert wird. Dort müssen sie korrigiert werden, um das Ziel des Sprachunterrichts, die Hinführung der Lernenden zu korrektem Umgang mit der deutschen Sprache, nicht zu gefährden. Im ersten Text sind sie (als bewußter, kontrollierter Normenverstoß) als Ausdruck eines kreativen Umgangs mit Sprache interpretierbar.
Wir nehmen diese Gegenüberstellung (Fachleute fürs Kreative, Werbemenschen, Schriftsteller etc. dürfen gegen die Normen verstoßen, alle anderen und besonders Lernende müssen erst mal beweisen, daß sie „richtig" sprechen und schreiben können) meist als gegeben hin. Ganz unproblematisch ist das nicht. Wenn ein englischer KT *it was a humid night* mit *es war eine dampfige Nacht* übersetzt, dann hat er ein neues Wort geschöpft, das dem System des Deutschen entspricht, das aber in der aktuellen Norm nicht vorhanden ist. Aber könnte man sich die Schwüle der Nacht nicht irgendwann auch mit dem Adjektiv *dampf* beschrieben vorstellen? Und wenn eine Studentin, die den Ausdruck *Gottes Mühlen mahlen langsam* kennt, auf die Frage, ob sie nicht bald mit ihrer Arbeit fertig sei, antwortet *Meine Mühlen mahlen langsam* – ist das nicht ein perfekter kreativer Umgang mit einem sprachlichen Element? Man könnte A3 zum Anlaß nehmen, die KT zu kontrollierten kreativen Normverstößen zu ermuntern, bzw. einmal Revue passieren lassen, was in den letzten Wochen in der Gruppe der KT alles an interessanten Regelverstößen produziert worden ist (KL muß dafür einige Wochen im voraus zu sammeln anfangen).

i Das Gedicht *Bevor ich ein Wort spreche aus ...* erschien in Ackermann, Irmgard (Hg): *In zwei Sprachen leben. Berichte, Erzählungen, Gedichte von Ausländern.* München: Deutscher Taschenbuch-Verlag 1983. In ihm sind Texte von Autoren, deren Muttersprache nicht Deutsch ist, gesammelt. Sie wurden als Reaktion auf ein Preisausschreiben geschrieben, das das Institut für Deutsch als Fremdsprache der Universität München im Jahre 1983 veranstaltet hatte.
Ivan Tapia Bravo ist Chilene. Er wurde 1951 geboren und lebt seit 1974 in Berlin.

Lösungen:
1. in beiden: falsche Trennung von Verben. Nur im Aufsatz: Genus (den Wort), Wortstellung (ich anrief), Kasus (ein Freund), sagen + Akk. (sagte ihn), Genus (meine Problem, meine Freund), zu + Dat. (zu das Thema). Es ist wichtig, daß der Unterschied klar wird: nur ein systematischer Normverstoß beim Gedicht, verschiedene Normverstöße (Fehler) beim Schüleraufsatz.

2. ... weil ich das Wort nicht aussprechen konnte, habe ich viel darüber nachgedacht, was es wohl bedeutet. Nach einiger Zeit rief ich einen Freund an und sagte ihm mein Problem. Ich sagte ihm dabei auch, daß ich auffallen würde in der Klasse (besser: daß ich in der Klasse auffallen würde), weil ich die trennbaren Verben nicht unterscheiden kann von den anderen (besser: nicht von den anderen unterscheiden kann) und sie oft verwechsele. Mein Freund bot mir seine Hilfe an und versprach mir, bei mir vorbeizukommen und mir Nachhilfestunden zu geben zu dem Thema trennbare Verben ... (besser: zu dem Thema trennbare Verben Nachhilfestunden zu geben ...).
3. Kontrast zum Inhalt

B1 Der Hamburger Sonnabend heißt in München Samstag

Lösungen:

Aussprache: norddeutsch: – ich; süddeutsch: – ik. Grammatik: süddeutsch: Perfekt mit *sein* statt *haben*; Genusunterschiede (*der Radio* in Österreich und der Schweiz). Orthographie: süddeutsch: kein *ß* in der Schweiz. Sonstiges: Wortschatz: norddeutsch: Sonnabend; süddeutsch: Samstag.

HV-Text auf der Cassette:

(A = A. Alga, R = Frau Richter)
A: Sie erinnern sich doch, ich hab' voriges Jahr einen Achtwochen-Sprachkurs gemacht, in Göttingen. Wissen Sie, was mir da aufgefallen ist?
R: Nein, das kann ich mir nicht denken.
A: Daß die Deutschen oft selbst nicht wissen, was falsch ist in ihrer Sprache.
R: Na, na.
A: Doch. Nehmen Sie zum Beispiel nur die Aussprache. Als ich einmal am Sonnabend in München war und mir eine Brezel gekauft habe, da meinte der Verkäufer: „Das macht fünfzig Pfennig.“ Dabei spricht man doch -ig am Ende eines Wortes wie -ich aus, oder?
R: Richtig. Aber in Süddeutschland, in Österreich und in der Schweiz ist auch *richtik* richtig. Dort ist sowieso manches anders. Zum Beispiel der Sonnabend, an dem Sie in München waren, der heißt dort Samstag. Wenn einer Sonnabend sagt, dann weiß man sofort, daß er nicht aus Süddeutschland kommt.
A: Gut. Das betrifft die Aussprache oder bestimmte Wörter. Das kann ich noch verstehen. Aber auch in der Grammatik. –
R: Die ist doch in der ganzen deutschen Sprache einheitlich! –
A: Eben nicht. Die Bayern bilden manchmal sogar das Perfekt falsch! Wir waren in einem sogenannten Volkstheater und da sagte ein Schauspieler: „Die Frau ist am Sonntag eine Stunde lang vor der Kirche gestanden und hat auf ihren Mann gewartet, dabei ist der schon drei Stunden im Wirtshaus gesessen beim Frühschoppen.“ Das ist doch eindeutig falsch.
R: Nein. Die Linguisten nennen das zugelassenen Regionalismus. Eigentlich bilden die Verben sitzen, stehen, liegen das Perfekt mit haben. Aber in Süddeutschland betrachtet man diese Verben noch als das Ende einer Bewegung, deshalb das Perfekt mit sein.
A: O Gott! Was ist nun richtig, was falsch? Das heißt, was soll man lernen?
R: Beides ist richtig. Aber für einen Ausländer ist es einfacher, nur die häufigere Form zu lernen.
A: Die Unterschiede scheinen sich immer zwischen Nord- und Süddeutschland zu ergeben?
R: Nein, nicht ausschließlich. Aber im Prinzip verlaufen die Hauptunterschiede schon zwischen dem Norddeutschen und dem Süddeutschen, natürlich die Sprache der Schweiz und Österreichs eingeschlossen. Das hängt mit der Sprachgeschichte zusammen.
A: Gibt es denn auch in der Rechtschreibung Unterschiede?
R: Ja, sicher. Am bekanntesten ist, daß die Schweizer das s, das scharfe s, das sz nicht kennen. Oder noch ein grammatisches Beispiel: Im Deutschen heißt es das Radio, aber der Radioapparat. In der Schweiz und in Österreich sagen die Leute aber der Radio.
A: O je. Das ist ja ganz schön verwirrend. Und ich dachte immer, Regeln gelten immer und überall.
R: O nein, Regeln sind gut, um in der Fremdsprache sicher zu werden. Aber die Sprache ist ja so etwas wie ein lebendiger Organismus. Sie verändert sich im Lauf der Zeit. Die Jugendlichen sprechen anders als die Alten. An der Uni redet man anders als in der Fabrik. Und dann gibt es noch die dialektalen Unterschiede und so weiter, und so weiter. Aber ähnliche Sachen gibt es doch in Ihrer Sprache auch, oder?
A: Stimmt eigentlich.

B2 Aufgaben

Lösungen:
1. a) falsch (*dass* müßte *das* geschrieben werden); b) richtig
2. Ja.

B3 Ein GAUL in Wien fühlt sich so fremd wie ein ROSS in Hamburg

Lösungen:
München: Ross; Berlin: Pferd; Stuttgart: Gaul

C1 Ein deutsches Nein heißt Nein

i Auch dieser Text stammt aus *In zwei Sprachen leben* (vgl. A3). Fatima Mohamed Ismail, geboren 1960, stammt aus Ägypten.

Lösungen:
1. „Warum gucken Sie so. Das ist nicht zum Gucken, sondern zum Essen". – „Nein, danke".
„Aber kommen Sie zum Essen, es wird Ihnen gut schmecken." – „Nein", wiederholte er.
„Aber probieren Sie mal!" – „Ich kann nichts essen."
„Sie müssen etwas essen" – „Was sind Sie für ein Mensch!"
2. Alle von den KT vorgeschlagenen Gedanken der drei Personen sollten akzeptiert werden, solange sie nicht in Widerspruch zum Textverlauf stehen. Bei dem Textverlauf widersprechenden Gedanken könnte überlegt werden, wie sich die Geschichte mit ihnen weiterentwickeln würde.
3. Nur bei Interesse der KT, bei der „Dramatisierung" sollte die Ägypterin durch eine Person aus der Kultur der KT ersetzen. (Dann sollte bei C5 die zweite Alternative gewählt werden.)

C2 Imperativsätze

Lösungen:
1 + f; 2 + b; 3 + a; 4 + e; 5 + d; 6 + c.

C3 Aufforderungen

Spekulieren, was die Frau in der Zeichnung als nächstes macht. Situation verstehen: Was bedeutet der Satz des Mannes? Frage nach Information (Will er wissen, ob es zieht?) oder Aufforderung in Form eines Fragesatzes (indirekte Aufforderung)? Danach überlegen: Wie wird die Frau reagieren? Wird sie aufstehen und das Fenster zumachen? Wird sie antworten (Sprechblase ausfüllen)? Wenn ja, wie? *Das könnte wohl sein? Stimmt, kannst du bitte das Fenster zumachen? Na und! ...*
Gemeinsam überlegen: Hängt die Einschätzung der Reaktion der Frau durch die KT davon ab, ob die Frau Deutsche ist oder aus der Kultur der KT kommt? Unterscheiden sich die Einschätzungen männlicher und weiblicher KT? Wenn man die Frage wörtlich in die Sprache der KT übersetzt – kann es sich da auch um eine Aufforderung handeln oder ist das nicht möglich?

Lösungen:
1a) direkt
höflich: *Könnten Sie bitte so freundlich sein und ein Video-Band besorgen.* neutral: *Können Sie bitte ein Video-Band besorgen.* unhöflich: *Besorgen Sie ein Video-Band!*
indirekt: mehrere Varianten sind möglich, z. B. *Alle Bänder sind voll, wir können nichts mehr aufnehmen.* höflich: *Könnte es sein, daß alle Bänder voll sind*? neutral: *Alle Bänder sind voll.* unhöflich: *Sehen Sie (denn) nicht, daß alle Bänder voll sind?* mit *mal*: *Könnten Sie bitte mal ein Videoband besorgen?*

1b) direkt: höflich: *Könnten Sie bitte so freundlich sein und aufhören, Musik zu machen.* neutral: *Könnten Sie bitte aufhören, Musik zu machen.* unhöflich: *Hören Sie auf, Musik zu machen.*
indirekt: z.B.: höflich: *Könnte es sein, daß es ein wenig zu laut ist?* neutral: *Das ist zu laut.* unhöflich: *Merken Sie nicht, daß es zu laut ist?* mit *mal: Könnten Sie bitte mal aufhören, Musik zu machen?*
3. In einem Lehrwerk sind die Aufforderungen eher neutral. Die sehr höfliche Beschreibung von Aufgabe 2 wird komisch. Angemessener wären die folgenden Formulierungen: *Können Sie sechs Beispiele für höfliche/neutrale/unhöfliche – direkte/indirekte Aufforderungen in Ihrer Sprache finden? Überlegen Sie bitte auch, ob es in Ihrer Sprache eine Entsprechung zu „mal" gibt.*
2. und 4.: Diesen Aufwand nur treiben, wenn das Ergebnis interessante kontrastive Einsichten vermittelt.

C4 Wer sagt es wie?

HV-Text auf der Cassette:

1. Mensch, mach doch die Tür zu! – Machs doch selber.
2. Würden Sie bitte so freundlich sein und die Tür zumachen. – Aber selbstverständlich. – Danke schön. – Keine Ursache.
3. Es ist ganz schön kalt hier. – Vielleicht sollten wir die Tür zumachen. – Das wollte ich damit sagen.
4. Finden Sie nicht, daß es etwas kühl geworden ist? – Vielleicht sollte ich die Tür schließen. – Das wäre sehr nett. Danke schön.
5. Können Sie bitte die Tür zumachen. – Mmm. – Danke.
6. Mensch, merkst du nicht, daß es saukalt geworden ist, seit du reingekommen bist? – Mann, du nervst vielleicht!

Lösungen:
1. direkt, unhöflich – 2. direkt, höflich – 3. indirekt, höflich – 4. indirekt, neutral – 5. direkt, neutral – 6. indirekt, unfreundlich.

C5 Heißt Nein für Sie Nein?

Je nach Interesse der KT bei Aufgabe 3 von C1 weglassen oder ausführlich behandeln. Evtl. die Beschreibungen in A2 zum Ausgangspunkt für die Entwicklung einer kleinen Szene machen.

Phonetik

Die Lernziele auf einen Blick:

♪ 1	Laute:	Die Regeln zur Schreibung des [s]-Lautes
♪ 2	Laute:	Analyseübung zur Schreibung des [s]-Lautes

♪ 1 Laute: Der Laut [s]: Grundregeln der Orthographie

Schwierigkeiten macht den KT häufig eher der stimmhafte [z]-Laut, der im Deutschen mit s geschrieben wird (*S*onne, Ro*s*e). Der stimmlose [s]-Laut hat seine Tücke weniger in der Aussprache als in der Schreibung.

Lösungen:
1. *ss*
2. *ß*
3. *ß* (Flüsse: [s], Füße: [s], essen:[s])
4. *ß* (reißen: [s], lassen: lassen: [s])
   s (reisen: [z]!)
5. *s* (Häuser: [z]!)
6. *s*

In diesem Zusammenhang sei noch ein Wort zu *ß* (sprich: *eszet* [ɛstsɛt]) gesagt: In der Schweiz wird dieser Buchstabe nicht verwendet, sondern durch Doppel-*s* ersetzt. Das kann allerdings gelegentlich zu Mißverständnissen führen:
[ma:sə] *Masse* für *Maße* ≠ [masə] *Masse*
Da nach deutscher Hochlautung eigentlich ein Vokal vor Doppelkonsonant (also auch vor *ss*) kurz zu sprechen ist, könnten die KT auf die Idee kommen, Straße wie [ʃtrasə] zu lesen, was den meisten sowieso leichter fällt. Die Aussprache bleibt allerdings auch beim Schweizerischen lang: [ʃtra:sə]!

Nach den deutschen Orthographieregeln gilt folgendes:
- Nach langen Vokalen und Umlauten und nach Diphthongen wird der stimmlose *s*-Laut [s] mit dem Buchstaben *ß* geschrieben: *genießen, naturgemäß, draußen.*
- Am Wortende und vor *t* steht nie *ss*, sondern *ß*: *muß* (*müssen*), *Paß*, *vergeßt* (*vergessen*).
- Die Kombination *-ßt* gibt es nur in Verbformen, deren Grundform mit *ß* oder *ss* geschrieben wird: *er grüßt (grüßen), sie ißt (essen).* Außerdem: *der, das, die größte.*
- Der Subjunktor (früher: Konjunktion) *daß* leitet Nebensätze ein: *Ich sehe, **daß** es regnet.* (Nicht zu verwechseln mit dem Relativpronomen *das* (= *welches*): *Ein Kind, das sechs Jahre alt ist, ist schulpflichtig.*)

Der Zungenbrecher ist auch in IPA-Umschrift hübsch. Vielleicht schreiben Sie ihn für die KT an die Tafel?
[ni:ma:ls ˈɛsiç ˈɛsiç. ˈɛsiç ˈɛsiç ˈɛsiç ˈɛsiç mit zala:t]

♪ 2 Laute: s, ss oder ß? Welche Regel paßt?

Diese Aufgabe ist als Vertiefung für ♪ 1 gedacht.

Lösungen:
Maus (Mäuse): Regel 5, / müssen, Tasse: Regel 1, / er mußte (müssen), er wußte (wissen): Regel 4, / sie liest (lesen): Regel 4, / Grüße, Straße, draußen: Regel 2, / Paß (Pässe), er maß (messen), er stieß (stoßen): Regel 3.
Da hier auch einfaches *s* auftritt, könnte man zur Wiederholung die Regeln für den [z]-Laut an die Tafel schreiben, und zwar entsprechend dem Kasten in ♪ 1:

Zum Vergleich:

	am Anfang	in der Mitte	am Ende	✎	Regel
[z]	*Salat*	*Häuser* *reisen*	–	s	Stimmhaftes (z) immer am Anfang von Wörter und Silben, wenn ein Vokal folgt.

Als erweiternde Übung eignen sich Lückentexte, die man leicht selbst zusammenstellen kann, da in fast allen Texten viele Wörter mit [s]-Laut enthalten sind. Zwei Beispiele sollen anregend wirken. Es handelt sich um Liedtexte:

Lorelei
Ich wei**ß** nicht, was soll es bedeuten, da**ß** ich so traurig bin.
Ein Märchen aus uralten Zeiten, das kommt mir nicht aus dem Sinn.
Die Luft ist kühl, und es dunkelt, und ruhig flie**ß**t der Rhein;
der Gipfel des Berges funkelt im Abendsonnenschein.
(Heinrich Heine)

Nun la**ß**t uns singen das Abendlied,
denn wir müssen gehn.
Das Gläslein mit dem Weine,
das lassen wir nun stehn.
(Des Knaben Wunderhorn)

D1 Satzzeichen

Lösungen:
a) 2.; b) 1.; c) 2.; d) 3.
Der Mensch denkt: Gott lenkt! Keine Red davon! ist der Refrain des Liedes *Von der Großen Kapitulation* in Szene 4 von Brechts *Mutter Courage und ihre Kinder.*

D3 Übung

Lösungen:
Hier spielt die Zeit keine Rolle, und keiner findet das schlecht. Neulich hatten wir, meine Frau und ich, eine Einladung zu einem besonderen Festessen, das in einem großen Hotel stattfinden sollte und von dem wir schon viel gehört hatten. Pünktlich waren wir, wie es sich gehört, um 18 Uhr da. Wir hatten uns sogar beeilt, um nicht zu spät zu kommen. Nur wir waren pünktlich, und alle haben gelacht, als wir ihnen, es war inzwischen 20 Uhr, erzählten, daß wir uns beeilt hatten.

D4 Buchstabenschlange

Lösungen:
Wenn Sie verstehen können, was hier steht, dann haben Sie wahrscheinlich schon alle einzelnen Wörter gefunden und zwei Kommas und einen Punkt gesetzt.

D5 So oder so?

Lösungen:
Sie ärgert sich, nicht zum Fest gegangen zu sein. Ging sie zum Fest? – Nein.
Sie ärgert sich nicht, zum Fest gegangen zu sein. Ging sie zum Fest? – Ja.
In Zukunft ist es erforderlich, für die Wissenschaftler eine Übersetzungsmaschine zu erfinden. Brauchen Wissenschaftler in der Zukunft eine Übersetzungsmaschine? – Ja.
In Zukunft ist es erforderlich für die Wissenschaftler, eine Übersetzungsmaschine zu erfinden. Brauchen Wissenschaftler in der Zukunft eine Übersetzungsmaschine? – Nein. (Die Wissenschaftler müssen sie nur erfinden – daß sie auch eine brauchen, wird bei dieser Kommastellung nicht gesagt).

D6 Lehre

Aufgabe 1 ist nicht ganz unproblematisch. Das Gedicht als literarischer Text (dem nichts fehlt) steht dort ohne Satzzeichen, und man kann argumentieren, daß man es nicht verändern sollte. Falls die KT diese Auffassung vertreten, gleich zu Aufgabe 2 übergehen. Durch die Setzung der Zeichen wird das Gedicht von den KT unweigerlich interpretiert: Zusammenhänge werden gezeigt, Einschnitte werden gemacht. Am besten in Zweier- oder Dreiergruppen Zeichen setzen lassen und danach vergleichen und die Setzungen begründen lassen. **Eine** mögliche Setzung ist z. B.:

Grammatik heißt das ordentliche Laufen der Wörter der Reihe nach, dem Sinne nach, dem Satze nach. Dem Sprechen nach heißt Grammatik das Bravsein der Wörter den Regeln nach, der Erwartung nach. Dem Mutmaßen nach laufen die Wörter schließlich über die Grammatik hinaus.

Nachdem man verschiedene Fassungen verglichen hat, überlegen, ob der Text mit hinzugefügten Satzzeichen seine literarische Qualität noch hat oder nicht (Verlust von Mehrdeutigkeit; Widerspruch der Form zur Richtigkeit von Grammatik ist verlorengegangen etc.).

E1 Satzgliedstellung im Nachfeld

⇅ Sätze mit besetztem Nachfeld: Falls dieser Bereich für Ihre KT kein Lernproblem darstellt, können Sie sofort zu E3 übergehen.

E2 Schüttelkasten

Lösungen:
Schon zu seiner Zeit ist Goethe bekannter gewesen als Chamisso. – Für dieses Rezept müssen Sie unbedingt folgende Zutaten nehmen: 1 Tasse Kaffee, 1 Glas Cognac und viel Zucker. – Alli hat in München ein Theaterstück gesehen, in dem die Schauspieler Dialekt sprachen. – Alli hat im Fernsehen das ganze Programm gesehen: zuerst Sport, dann Weltnachrichten, dann noch einen Film. – Humboldt hat nicht so gut Klavier gespielt wie Beethoven. – Gestern hat Bina doch von einem interessanten Film erzählt, mit H. Bogart und I. Bergmann.

E3 Satzgliedstellung im Mittelfeld

Dieser kleine Kasten ist, wie jeder erfahrene DaF-Lehrer weiß, ein (fauler) Kompromiß. Manche Kollegen geben viel ausführlichere Regeln, manche sagen, alle didaktischen Regeln würden hier sowieso nicht stimmen; eine angemessene Beschreibung muß so komplex auf nicht-syntaktische Elemente Bezug nehmen, daß sie nicht auf die Ebene eines Lehrwerks vor dem Zertifikat „heruntertransportierbar" ist. Da die KT aber nun mal Angaben im Mittelfeld verwenden, ist es wenig hilfreich, das Problem nicht wenigstens anzureißen. Jeder KL sollte die Erklärungen geben, die seiner Auffassung nach für die konkrete Gruppe von KT kontrastiv notwendig und noch verstehbar sind. Man sollte aber auch im Auge behalten, daß selten „alle" Angaben im Mittelfeld stehen: Meist rückt die Angabe der Zeit oder des Ortes an Position 1 vor das Verb: ***Gestern*** *ist er mit dem Auto nach Köln gefahren.*

Lösungen:
„normal" sind 1 und 4.

F Zusammensetzungen

Lösungen:
Leseratte, Fingerhut, Wasserhahn, Fahrstuhl, Hausarzt, Springbrunnen, Blumenstrauß, Taschenbuch

Hinweise zum Arbeitsbuch

Zu Aufgabe 4, 3: Der Name „Eidgenossen" für die Bevölkerung der Schweiz ist von der amtlichen deutschen Bezeichnung der Schweiz „Schweizer Eidgenossenschaft" abgeleitet. Diese Bezeichnung geht zurück auf die Entstehung der Schweiz im Jahre 1291, als die drei „Urkantone" Uri, Schwyz und Unterwalden einen „Ewigen Bund" schlossen. Die (historisch nicht gesicherte) Überlieferung berichtet vom sogenannten „Rütlischwur", einem Eid, den die Vertreter der Kantone auf eine gemeinsame Zukunft schworen. (Friedrich Schiller hat diese Ereignisse im „Wilhelm Tell" dichterisch gestaltet: „Wir wollen sein ein einig Volk von Brüdern, in keiner Not uns trennen und Gefahr ...").

Zu Aufgabe 7: Bei dieser Aufgabe geht es vor allem um die Diskussion der Verhaltensregeln und um den Vergleich mit dem eigenen Land.
Gebote und Verbote, Regeln und Verhaltensvorschriften verraten allerdings noch mehr über ein Land als nur, was verboten, erlaubt oder erwünscht ist. Man erfährt auch etwas darüber, was die Leute möglicherweise tun würden, wenn es diese Verbote und Gebote nicht gäbe. Man könnte die Aufgabe deshalb auch ganz anders anpacken. Z. B. könnte man mit der Frage beginnen, warum im Jahr 1987 in Deutschland ein Buch erscheint, in dem solche Regeln aufgestellt werden. Und man könnte Vermutungen anstellen, etwa der Art: Nehmen viele Leute in Deutschland etwa keine Rücksicht aufeinander? Drängeln sie sich etwa vor? Schmatzen und schlürfen sie bei Tisch?
Oder: Was gilt in Deutschland als unhöflich? Wenn man sich an einer Haltestelle vordrängelt? usw.

Zu Aufgabe 19, 1: Das hier beschriebene Verfahren zum Textaufbau (siehe auch Lektion 6, Übung 5) dient dazu, Überleitungen, Satzanschlüsse, rück- und vorausweisende Textelemente (Pronomen, Adverbien usw.) bewußt einzusetzen.
Planen Sie nach der ersten Textfassung eine Phase der Textbearbeitung (Redigieren) für die KT ein, in der diese die auf Seite 104 angegebenen Punkte an ihrem Text (evt. in Partnerarbeit) überprüfen. Schreiben Sie dazu die Punkte groß und übersichtlich an die Tafel. Wenn einige der Texte vorgelesen werden, können Sie bei entsprechenden Fehlern evtl. auf diese Punkte verweisen.
Hier nun noch die Fortsetzung des Grimm'schen Märchens „Rumpelstilzchen" im Anschluß an den letzten Satz in Lektion 1, Aufgabe 18:

Und als am Morgen der König kam und alles fand, wie er gewünscht hatte, so hielt er Hochzeit mit ihr, und die schöne Müllerstochter ward eine Königin.
Über ein Jahr brachte sie ein schönes Kind zur Welt und dachte gar nicht mehr an das Männchen; da trat es plötzlich in ihre Kammer und sprach: „Nun gib mir, was du versprochen hast." Die Königin erschrak und bot dem Männchen alle Reichtümer des Königreichs an, wenn es ihr das Kind lassen wollte; aber das Männchen sprach: „Nein, etwas Lebendes ist mir lieber als alle Schätze der Welt."
Da fing die Königin so an zu jammern und zu weinen, daß das Männchen Mitleid mit ihr hatte: „Drei Tage will ich dir Zeit lassen", sprach er, „wenn du bis dahin meinen Namen weißt, so sollst du dein Kind behalten."
Nun besann sich die Königin die ganze Nacht über alle Namen, die sie jemals gehört hatte und schickte einen Boten über Land, der sollte sich erkundigen weit und breit, was es sonst noch für Namen gebe. Als am andern Tag das Männchen kam, fing sie an mit Kaspar, Melchior, Balzer, und sagte alle Namen, die sie wußte, nach der Reihe her, aber bei jedem sprach das Männlein: „So heiß ich nicht." Den zweiten Tag ließ sie in der Nachbarschaft herumfragen, wie die Leute da genannt würden, und sagte dem Männlein die ungewöhnlichsten und seltsamsten Namen vor: „Heißt du vielleicht Rippenbiest oder Hammelswade oder Schnürbein?" Aber es antwortete immer: „So heiß ich nicht." Den dritten Tag kam der Bote wieder zurück und erzählte: „Neue Namen habe ich keinen einzigen finden können, aber wie ich an einen hohen Berg um die Waldecke kam, wo Fuchs und Has sich „Gute Nacht" sagen, so sah ich da ein kleines Haus, und vor dem Haus brannte ein Feuer, und um das Feuer sprang ein gar zu lächerliches Männchen, hüpfte auf einem Bein und schrie:

„Heute back' ich, morgen brau ich,
Übermorgen hol' ich der Königin ihr Kind;
Ach, wie gut, daß niemand weiß,
Daß ich Rumpelstilzchen heiß."

Da könnt' ihr denken, wie die Königin froh war, als sie den Namen hörte, und als bald hernach das Männlein hereintrat und fragte:
„Nun, Frau Königin, wie heiß ich?" sagte sie erst: „Heißt du Kunz?" „Nein." „Heißt du Heinz?" „Nein."

„Heißt du etwa Rumpelstilzchen?"

„Das hat dir der Teufel gesagt, das hat dir der Teufel gesagt", schrie das Männlein und stieß mit dem rechten Fuß vor Zorn so tief in die Erde, daß es bis an den Leib hineinfuhr, dann packte es in seiner Wut den linken Fuß mit beiden Händen und riß sich selbst mitten entzwei.

Quellennachweis

S. 37 Schaubild: „Import und Export von Büchern". Quelle: Außenhandelsstatistik 1992

S. 41 Schaubild: „Viel zuwenig Arbeitsplätze". Globus Statistik, 1992

S. 46 Statistik: „Bildung heute". Quelle: Allensbacher Archiv. Oktober 1985

S. 57 Definition: „Kitsch". aus: *Brockhaus Enzyklopädie*, 18. Auflage, Bd. 10, S. 213. Bibliographisches Institut Mannheim, Wien, Zürich, 1970

S. 65 Definition „Heimatfilm": aus: *Buchers Enzyklopädie des Films*. Verlag C.J. Bucher München, 1977

S. 66 Günter Grass: „Bei mir ist es Danzig ..." aus: Alexander Mitscherlich, Gert Kalow (Hrsg.): *Hauptworte – Hauptsachen*. R. Piper & Co. Verlag, München, 1971

S. 66 Friedrich Dürrenmatt: *Romulus der Große. Ungeschichtliche historische Komödie*. Diogenes Verlag AG, Zürich, 1980

S. 67 Hilde Domin: „Wo steht unser Mandelbaum", „Nur eine Rose als Stütze". aus: Hilde Domin: *Gesammelte Werke*. S. Fischer Verlag GmbH, Frankfurt am Main, 1987

S. 70 f Adelbert Chamisso: „Kanon". aus: Wilhelm Rauschenbusch (Hrsg.): *Gedichte von Adelbert Chamisso*. Berlin, 1976

S. 73 f Max Frisch: „Fragebogen". aus: Max Frisch: *Tagebuch 1966-1971*. Suhrkamp Verlag, Frankfurt am Main, 1972

S. 78 Mascha Kaléko: „Die vielgerühmte Einsamkeit". aus: Mascha Kaléko: *Hat alles seine zwei Schattenseiten*. Arani-Verlag, Berlin, 1983

S. 92 Novalis: „Die blaue Blume". aus: Paul Kluckhohn, Richard Samuel (Hrsg.): *Novalis. Schriften Band 1*, 3. Auflage. W. Kohlhammer GmbH, Stuttgart, 1977

S. 98 Inflationsgeldschein. Archiv für Kunst und Geschichte GmbH, Berlin

S. 99 Lied: „Ein Paradies am Meeresstrand" aus der Operette *Blume von Hawaii* (Musik: Paul Abraham, Text: Alfred Grünwald/Beda). Doremi Verlag/Dreiklang-Dreimasken Bühnen- und Musikverlage GmbH (BMG UFA Musikverlage), München, 1931

S. 104 Lied: „Capri Fischer" (Musik: Gerhard Winkler, Text: Ralph Maria Siegel). Musik Ed. Europaton Peter Scheaffers, Berlin, 1943

S. 106 Julia Kristeva: „Fremde sind wir uns selbst". aus: Julia Kristeva: *Die ganze Schwierigkeit, die die Frage des Fremden ... ihnen die Bürgerrechte abspricht?* Suhrkamp Verlag. Frankfurt am Main, 1990